永　六輔著

伝言

岩波新書

877

まえがき

二〇〇四年。

日本国憲法は、イラクへの自衛隊派遣によって立往生していた。

憲法も日本語なら、その憲法の改正も、拡大解釈も日本語である。

憲法の「武器を持たない」「戦争をしない」というじつに単純明快な原則が、じっさいには無力だった。

憲法つまり日本語をどう理解し、どう曲解すれば、武器を持つ日本の軍隊が海外へ行っていいことになるのだろう？

「なにがなんでも戦争にまきこまれないことを伝えていこう」

脳梗塞でリハビリ中の野坂昭如《あきゆき》さんからの手紙にあった。

「戦争《いくさ》は嫌でございます。

親孝行ができませんし、なにしろ散らかしますから」

新内《しんない》の岡本文弥《ぶんや》さんの言葉だ。

戦争を「散らかす」という一言で表現する、こうした言葉こそ、伝えていかなければならない。

その伝言である。

三波春夫さんは言っていた。

「人間はただ人を殺す気にはなりません。

わたしの場合、戦場にいて、戦友が殺されたとき、その瞬間、鬼になります。

平気で人が殺せます。

そのことが、戦場体験のない人には理解できないですね」

この体験が語り伝えられていない。

文化の伝承というのは、しっかりした伝言があってのことだと思いつつ。

永　六輔

目次

カット＝前枝麻里奈

Ⅰ きちんと——「夢を改正することはありません」

二〇〇三年、師走。

国会で、イラクに対する自衛隊派遣について、憲法の言葉をどのように曲解するか、歴史的な小泉発言があった。

そこには国民を納得させる言葉はなく、小泉さんは、憲法の前文の一部を、全体の文脈から切り離して読み上げ、あたかもイラク派兵が「国際社会において名誉ある地位」実現につながるかのように述べた。

イラクでテロの犠牲になった二人の外交官の死もまた、美談として伝えられただけだった。外交というのは、暴力ではなく、言葉の世界なのだから、もっともっと生き生きした言葉づかいがあってほしい。

日本とイラクは、信仰も違い、言葉も違う。だったら、目に見えるかたちで訴えることも大切になる。

もしぼくが外務大臣だったら、二人の外交官とともに亡くなったイラク人ドライバーをふくめた三人の葬儀をする。

そのうえで、イラク人ドライバーの遺族に、頭を下げる。

こういう姿勢がないままに、「支援」といっても、納得できるわけがない。

憲法もそうだが、言葉が正しく伝わっていない。

かつて、親鸞語録がきちんと伝わっていない、異なっていると歎いた『歎異抄《たんにしよう》』の例もある。

言葉の伝え方はその言葉の受けとめ方でもあるが、まずはぼくの聞き集めた巷語録から。

＊　　　＊　　　＊

「政治家は、言葉の意味をどのようにアイマイにするか、ということに全能力を傾けます。アイマイがアイマイモコ、モコまでいけば、成功といえます」

○

「話をしている当人が、自分の言っていることの意味がわからなくなってしまえば、もう大丈夫です。……それを小泉語といいます」

○

「役人が使う言葉。ノラリクラリ語」

○

「ヤリマスと言えないときには……
ヤリマスと申し上げたい思いですが、諸般の事情もあり、ヤラナイとも限らない状況にかんがみまして、そのように判断していこうかと思っているしだいであることをお伝えしようかと……ハイ」

○

「国民の代表として、議員が質問しますわな。
それがお互いに奇妙な敬語を使うでしょう。
〈ご質問させていただきます〉
〈お答えをたまわりたい〉
〈お訴えをさせていただきます〉
国民主権でしょう。

殿様に対する家来のような態度はとらないでほしいよ」

○

「……ご審議いただき、ご高説をたまわりましたので、
これでご理解いただけたことと考えさせていただきます」

☆というわけで、予算委員会などに代表される政治家どうしの会話は、自分が責任をとらないように工夫されている。

たとえば、〈○○です〉という言葉が、〈○○のように思っているしだいであります〉となる。

〈ように思っている〉という言葉は、自己主張の決意とはほど遠いものである。

○

「政治家って、討論会でも他人の話を聞いてません。

相手が話をしているときでも、自分の言いたいことしか、考えていない。他人《ひと》の話を聞かないいんですから、討論になりません」

○

「選挙になると、〈革新〉という言葉をよく見かけるけど……どこが革新なんだろうね。そろそろ必要なのは、〈革命〉じゃないのかね」

○

「構造改革とは言いますけれど……改良なのか、改悪なのか……でしょう?」

○

「有事三法案だの、メディア三法案だの言わないでさ。

ハッキリと、治安維持法と言えば、わかりやすいんでないかい。
年配の人には懐かしいいし、オッカないいし」

○

「〈ピースのピー〉という言い方はないだろ。
漢字の〈平〉を言いたいなら、〈平和の平〉と言えよ。
〈公平の平〉でも、〈平家の平〉でもいいけどさ。
〈ピースのピー〉じゃない」

☆当人は〈平和の平〉と言っているつもりなのが、おかしかった。
もう、日本語とカタカナ語と外来語がゴチャゴチャになっている状況がよくわかる。

○

「国会議員はみんな、地元のことしか、考えちゃいません。

で、地元の県会議員は、出身町村のことしか、考えていない。
町村の議員は、自分のことしか、考えていない。
つまり、誰も日本のことを考えていないんです。
でも、大丈夫。
日本のことは、アメリカが考えてくれるんだよ」

☆自衛隊のイラク派遣について、日本はアメリカのポチなのか、という表現が使われていた。どうして、犬のことをポチというのか？　ポチ袋にも使われる〈ぽっち〉なのか？　それとも外来語なのか？
どちらにしても、アメリカが小犬のご主人さまであることに変わりはない。

○

「〈軍隊、武力は持たない〉という国が、持っている。
いまさら〈持ってない〉とは言えないでしょう。

つまり、憲法はウソをついている。
だったら、他の法律も全部ウソ、ということになりませんか？」

○

「憲法を声に出して読んでみな。
舌かむよ、呂律《ろれつ》がまわらないよ。
読みやすくするのも、改正っていうのかい。
それじゃオレは改憲派か」

○

☆かつてぼくは、自分の深夜放送で、三時間三〇分をかけて、憲法全文の朗読をしたことがある。そのときに、ぼくも、なんと読みにくい文章なのかと痛感した。
八〇年を超える放送史上、全文の朗読はその後聞いていない。

○

「そもそも憲法というのは、夢でいいんです。
みんなで夢に近づける、それでいいんです。
夢を改正することはありません」

☆歴史を書きかえることができても、伝説は書きかえられない。
だったら、憲法も伝説として、大切に保存したらどうだろう。

○

「公的資金というけれど、〈的〉をつけるのは〈公〉じゃない、ということだよ。
そうだろ、日本的といやァ、似てるけど日本じゃない。
だから、公資金とか、税金と言わなくちゃいけないんだ」

○

「戦争っていうのは、恐くて、悲しくて、苦しくて、辛くって、虚しくって……

それで困ったことに、おもしろいんだよなァ……
これ言っちゃいけないらしいけど、ここだけの話、おもしろいよ」

☆落語や狂歌のなかにも、〈他人が死ぬのはおもしろいが、自分が死ぬのはこれはたまらぬ〉という言葉が出てくる。
〈死ななきゃ戦争、負けなきゃ博奕《ばくち》〉というのもある。
無責任だと受けとられるが、欧米のテレビが死体を映す感覚に通じるものがある。
九・一一のビル崩壊を何度も放送するのと同じだろう。

○

「政治家の言葉づかいで気になるのは、
何か言っちゃァ、〈いずれにいたしましても〉ではじまって、〈というふうに思います〉だ。
それでわかる？　何を言ってるのか」

「政府は〈減反〉と言いますが、尺貫法がいけないなら、〈反〉と言っていいんですか?　せめて農水省は〈減へーべー〉と言うべきですよね」

○

「大英帝国という言葉は生きてますが、大日本帝国という言葉は過去のものでしょう。帝国ホテルや帝国劇場、帝国蓄音機のテイチクは残ってますけど、いいんですかねェ」

○

☆話はかわるが、皇室周辺の用語で〈宮内庁御用達〉というのがある。

これはけっこうな重みがあって、昭和天皇は〈こんにちは赤ちゃん〉を愛唱なさっているという話のときに、中村八大《はちだい》さんは〈宮内庁御用達作曲家〉といわれていた。

○

「田中真紀子に聞かせたい言葉があった。
〈やってみせ
言って聞かせて
させてみて
誉めてやらねば
人は動かじ〉」

☆この言葉は山本五十六《いそろく》の言葉。新潟県長岡出身だから、田中さんと同郷なのである。
ところで、田中親子の声は、美声とはほど遠いダミ声。

生活感に溢れた、エネルギッシュな声である。

かつて、昭和天皇・皇后がマスコミのインタビューを受けたとき、国民が耳を疑ったのは、皇后のその底力のある、太いたくましい声だった。

昭和天皇の声は、敗戦の詔勅以来、耳になじんできたが、皇后の声を聞くのは初めてのこと。下町の商家の元気なおかみさんと同じ声だった。

先代の高橋竹山《ちくざん》さんは目が見えないだけに耳が鋭く、相手の声を聞くだけで、年齢・出身地をあてることができた。

すべての声がマイクを通してという時代になってみると、マイク以前の声がいかにバラエティに富んでいたか……。むかしは、歴代の首相は声帯模写の対象になっていたが、最近、その声帯を真似できるような特徴のある政治家はいない。言葉を音もふくめて考えると、みんな同じような声になっていることに気づく。声もまた、画一化されつつあるのだ。

○

「米軍基地への〈思いやり予算〉というのは、英語でなんと言うんだろう？プライドの高いアメリカが、〈思いやり〉なんて言われて、よく平気でいるよね」

○

「アメリカが日本に相談することなんかありませんよ。

だって、命令すれば、いうことを聞くんだから」

○

「援助とか、支援とかという言葉の通じない国に、援助したり、支援したりするでしょう。ちゃんと説明してるんですかね」

☆イスラム世界では、〈喜捨〉に近い意味の言葉があり、〈当然の行為〉として受けとめる。だから、〈感謝する〉ということにはならない。日本人は、そこに不満や違和感を持ってしまうようだ。

○

「そんなに欲しいなら、核兵器を作ってもいいよ。でも、日本で作るんだったら、愛想のない核兵器じゃなくてさ。漆を塗って、金箔を散らして、ナンバーなんかは螺鈿《らでん》・象嵌《ぞうがん》。

日本美術の枠をこらしてさ。
もったいなくて、ボタンなんか押せないような核兵器を作れってんだ」

○

「仕事が辛いから子どもには継がせません、というのはよく聞く言葉だよね。
でも、間違っても、政治家は言わない。
……ということは、日本の政治は古典芸能と同じっていうことだよ」

☆小泉首相は三代目の政治家である。二代目となるとゾロゾロいる。
このままいくと、六代目とか七代目と襲名披露もありそうだ。

○

「有事法案はね、土木工事で稼げなくなった政治家が、軍事費に目をつけた。
ね、それだけのことでしょ?」

○

「武器産業というか、戦争屋というか。

戦争さえ起こせば、あとは甘い汁。

戦争というのは、武器のセールス・プロモーションというか、実演売り込みですから」

○

「戦争体験を、わかるように語り伝えられると思いますか？

死の体験が伝えられないのと、同じですよ。

……できません」

☆野坂昭如さんは〈戦争体験を語りつぐことができる〉と信じて、中学生に語り伝えの運動をしている。

〈ぼくは飢えと空襲の語り伝えをしますから、永さんは小学生に学童疎開の話をし

てください。そして戦場の体験をした人を探して、その話を聞きましょう〉

二〇〇三年、夏。

野坂さんは脳梗塞で倒れた。

この語り伝えを続けるためのリハビリテーションが続いている。

○

「アメリカ国歌のメロディに、君が代の歌詞をはめ込んで歌ってごらん。とても気分が出るよ」

○

「テロって言えば、それまでだけど、聖戦と言っているかぎり、死ねば聖者、つまり日本で言えば神様です。つまり、日本なら靖国神社に行けるんです。そうすれば、首相が参拝するんです」

○

「〈忠臣蔵〉が英語に訳されているのを見たら、〈四七人のテロリスト〉だってさ。するってェと、日本人はテロリストが好きってことかい」

○

「アルカイダと言いますけどね、それは略称。ちゃんと言うと、〈ユダヤ人と十字軍との戦闘のための世界イスラム戦線〉。この名前が正式名だそうで……」

○

「イスラム教のコーランは、アラビア語だけ。アラビア語以外に訳されたコーランは、ムスリムにとってのコーランではありません。その点、キリスト教のバイブルは世界各国で訳され、使われています」

○

「ブッシュの演説は、最後に〈神よ、アメリカにご加護を！〉で結ばれます。小泉さんも、〈靖国神社よ、ご加護を！〉って言えばいいのにね」

○

「アメリカ大統領の一般教書って、スピーチライターの腕の見せどころです。あとは、どう読むかという〈朗読術〉が勝負です。

日本の場合、スピーチライターはいるのですが、政治家がそれを勝手に書き直しちゃうんだそうです。

そのうえ読み方が下手ですから、つまらない脚本を三流役者がやってるようなものです。聞けたものじゃありません」

＊　＊　＊

欧米の政治家は、多くのスピーチライターを抱えている。

そのコメントのなかから選び出す言葉だから、印象が強くなって当然。

日本の場合、政治家の演説ほど、つまらないものはない。

言葉が全然、伝わってこない。

それが小泉さんや田中真紀子さん、辻元清美さんや福島瑞穂さんの登場で、その語り口がずいぶん変わった。

小泉さんの言っている言葉はわかりやすい。

でも、問題がある。

小泉さんは、くりかえしくりかえし、「構造改革なしではよくならない」と言う。

何の問題でも同じで、景気の話、道路公団の問題、医療改革の問題……

何が出てきても、小泉さんの答えはただ一つ、「構造改革」。そして、「状況を見て判断します」と言う。

いつも同じ言葉をくりかえすという手法は、じつはヒトラーがそうだった。

どんなときでも、くりかえしくりかえし、同じことを言う。

これはテレビのコマーシャルも同じ。くりかえしくりかえし放送して、情緒に訴えてくる。

だから、ときどき、「本当かな?」「それでいいのかな?」と確認しなければいけない。

われわれも、テレビに向かって、言葉にして、言ってみる。

とくに一人暮らしのお年寄りは、どんどん、テレビと話をする。

これはボケ防止にも役に立つ。

ぼくの精神科の主治医北山修さんは、「年をとってきたら、言葉で支えなきゃいけない」

と言っている。

「言葉で支える」というのは、自分の意識を自分の言葉で自分に確認する、ということ。

年をとるとひとり言が多くなるが、あれは病気でもなんでもない。

自分で自分に語りかける——これはとても大事なこと。

本当は仲間がたくさんいて、ワーワーキャーキャー、みんなでしゃべっていればいいが、
そうでない一人暮らしのお年寄りは、言葉を交わすということが少ない。

その場合は、テレビと話をすればいい。
国会中継だったら、「このやろう、寝てるんじゃねェ」。
料理番組だったら、「おまえ、その箸の持ち方をなんとかしろ」。
お天気情報で「冷え込んできました」と言ったら、「そうか、そりゃたいへんだ」。
大事なのは、しゃべることで脳を刺激すること。
政治家の言葉のレベルを考えたら、恥ずかしがる理由はない。
われわれが言葉のレベルを上げることが、政治家の言葉を鍛えることになるのだ。
ぼくは、小泉首相が「米百俵」を引用したときに、政治家の言葉について新聞に書いた
（『朝日新聞』二〇〇一年五月二三日夕刊）。

国会の朗読ゴッコがふつうの会話になって、政治がおもしろくなった。これで政治がよくなるかどうかは別問題だが、政治における話術の重要性はハッキリしてきた。社民党の辻元清美議員(当時)のような、「総理!」という言葉が「オッチャン!」に聞こえる日常会話的質問に効果があるのも事実。

従来の政治家用語の討論に飽きてきたからこそ、国会中継の視聴率がウナギ登りになった。会話のなかで、政治家の本音がチラつくところが国民にとっての関心なのだが、この部分で、野党がその存在意義を見失いつつある。野党はまだ、自分たちの話術を身につけていない。

小泉首相が、「どうして、靖国神社にお参りに行っちゃいけないのかなァ」とつぶやいたら、「行きなさい! 広島・長崎・沖縄にも行って、東京大空襲をはじめとする各県の戦災地、アジアまで足を延ばして、戦没者にお参りしてきたことを靖国神社に報告しなさい」と、どうして励ましてやれないのだろう。

そこで、野党のみなさんに、仏教の説教者による話術の根本をお伝えしておく。

「法にのっとり、比喩を用い、因縁を語るべし」

これを井上ひさし流に言う。

「むずかしいことをやさしく、やさしいことを深く、深いことをおもしろく」

具体的に小泉首相の演説のなかから、「米百俵」*のエピソードを題材にする。

あのエピソードはあくまで結果であって、戊辰《ぼしん》戦争当時、長岡藩が官軍と戦うため、連射できるガットリング銃など、軍備に金をつぎ込んだことを忘れている。だから、長岡藩は戦いに敗れたあと、悲惨な状況を迎えたのである。「米百俵」を例にするなら、いまの日本の防衛予算をそのまま教育予算にまわしてこそ、「米百俵」なのである。「米百俵」の結論だけが、美談として独り歩きをさせてしまうところに、野党の話術不足がある。

*米百俵　明治のはじめ、戊辰戦争で焼け野原になった長岡に、見舞いの物資として百俵の米が贈られたが、当時の長岡藩大参事の小林虎三郎は、これを分配せずに売却し、学校設立の資金とした。作家・山本有三の同名の戯曲によって広く知られたエピソード。

いまの国会議員は、「戊辰戦争」を知らないどころか、「太平洋戦争」も知らない。

「戦争を知らない子供たち」。北山修が詩を書き、杉田二郎が作曲し、ジローズが歌った反戦フォークがある。小泉内閣の閣僚は塩川財務相(当時)を除いて、「戦争を知らない子供たち」なのである。生まれてはいても、戦争そのものを体験したわけではない。兵隊として体験しているのは、ひとり塩川さんだけだが、この人は忘れっぽい。

ちなみにぼくは学童疎開世代。空襲と焼け跡暮らしの記憶がある。

それがぼくの知っている戦争だが、それでも天皇の詔勅はしっかりと聞いている。

小泉首相が、靖国神社の公式参拝をふつうのように発言できるのは、戦争体験がおぼつかないからだ。東京裁判の記憶が埋め込まれていない。戦争責任のある東京裁判の被告たちも合祀《ごうし》されているのだ。

小泉首相が自分の言葉で答弁していると評価されているが、雄弁かといえば、そうではない。彼の熱弁は、自分の胸の前で、マイクを持っていないほうの手を縦に振ることで支えられる。両手を左右に広げるジェスチャーはない。自分の言葉を奮い立たせるための手の動きを見ていると、弱気な、神経質な一面がのぞく。首相たるもの、両手を左右に広げて自信を感じさせるジェスチャーを示してほしい。

ぼくのラジオで、「巷で見かけた有名人」という特集があり、このところ、小泉首相は登場回数が多い。その多くが、ホール・劇場・映画館。

こんなに音楽・演劇・ショーを楽しんでいた首相はいないが、残念なことに寄席には行かないようだから、この人の話術は「おもしろいけれど、うまくない」とも言われるのだ。

狂言にたとえるなら、太郎冠者《たろうかじゃ》が大名になってしまった印象が強い。大名に反発し、茶化して笑うところに、太郎冠者の反骨がある。その太郎冠者が大名になった。ここまでなら、国民は声援を送るだろうが、この太郎冠者には失敗が許されないのだ。もう誰も笑ってくれないし、あとはガッカリして、小泉内閣は「イベント」として記録に残ることになりかねない。

一方の野党は、支持率に驚き、あわてふためいている。支持率は視聴率と同じで、足を引っ張るだけの材料でしかない。数字より質の時代になりつつあるときに、政治の世界が遅れているだけの話である。支持率というのがガラス製であることを野党は忘れている。

芸能界を横から見て五〇年。人気スターが忘れられていく虚しさを、何度も味わってきた。一方で、その名を残してきたスターたちが、いかに人気に流されないように、みずからエンジンブレーキをかける努力をしてきたかも見てきた。

だからいま、人気の高い政治家が、その支持率に対して無防備なのが信じられない。支持率が高すぎると自覚はしているのだが、嬉しそうな笑顔になっているのが心もとない。

この高い支持率の原因は、総裁選の報道にあった。自民党という政党の選挙を国民投票のように盛り上げ、そのぶん、小泉・田中真紀子両氏のテレビにおける露出度が激増した。出演度数は人気に比例し、能力とは関係がない。国民はワイドショー感覚で、自分の身内のような気になり、アイドルのファンと変わらなくなる。

このことを当事者たちが自覚していないどころか、参院選・都議選を前にした候補者たちまでがあやかろうとしている。そして野党までが、あせったうえに、対立軸を見失ってしまった。

野党のみなさんに期待するのは、言葉の力を信じ、本音をユーモラスに伝える話術を身につけること。

政治でも、日常の暮らしでも、言葉が勝たなきゃ、勝つわけがない。

Ⅱ

ゆたかに——「せっかくの文化なんですから」

omari

さて、この本のなかには、三つのタイプの文章がならんでいる。

「ぼくが原稿用紙に書いた文章」

「ぼくが話をしたことを書き起こした文章」

「誰かが話したことをぼくが書きとめた文章」

ぼくが話をした場合には、「(笑)」と入っているが、これは会場の反応である。

さて、話し言葉を文字にするときに問題になるのは「方言」。

たとえば津軽弁には、「エ」と「イ」の中間の音が多いのだが、それをどのようにして書きあらわせばいいのか。

というわけで、「方言は活字にならないし、活字にしてはいけない」と伊奈かっぺいサンが力説する。

「方言を文字にしても、その文字を読んだ瞬間から方言ではなくなり、それは言葉ともいえなくなる」と言うのだ。

これは、読経《どきょう》をドレミファ音階にして何の意味があるのか、ということと同じだ。

ピアノはその音域のなかのすべての音を鍵盤に分類し、平均化している。

だから、鍵盤と鍵盤の間の音は出せない。

しかし、人間は、ピアノが出せない音を自由に発声することができる。

音を単純にした楽器に人間が従う必要などない。

自由な音程が楽しめないピアノに偉そうにされる理由もない。

ピアノごときに指示されて「音程が違う」とか、あげくのはてに「音痴」などと言われる筋合いはない、とぼくは思っている。

同じことで、方言はそれぞれの土地が育ててきた文化であり、独特の音を持っている。

活字ではそれは書けないのだ。

この一方に、東京中心に整理されてきた共通語がある。

NHKのアナウンサーが使っている日本語、という言葉だ。

話されている日本語に、「正しい」「正しくない」という評価があるのだろうか。

「耳障りか、そうでないか」

「大声か、小声か」

「澄んだ声か、しわがれ声か」
「歯切れがいいか、悪いか」
「癖のある口調か、どうか」

いろいろ仕分け方はあるが、「正しいか、正しくないか」という区別はできまい。何をもって「正しい」と言いたいのだろう。

共通語は正しくて、方言は正しくないとしたら、文化を殺すことになる。

かつて日本政府は、沖縄で方言を使った人に、「方言札」というものをつけさせた。

ぼくの世代の沖縄県民なら、その暗い思い出を持っている。

戦争中は、日本軍人にわからない沖縄方言を使ってスパイ扱いされ、あげくのはてに殺された人もいる。

柳宗悦《むねよし》や柳田国男は、この、その土地の人びとに失礼な「方言札」に反対したことで、軍部から圧力を受けるようになる。

方言を使わないようにという教育は、戦後までひきずってきた。

沖縄弁、津軽弁、薩摩弁をはじめとして、方言は、伝統的であればあるほど、理解されなかったのだ。

沖縄はウチナーと仮名をふり、日本はヤマトゥと書くが、ウチナーヤマトゥグチといったら、理解されやすいように気をつかった沖縄弁、ということになる。

青森放送の伊奈かっぺいサンの津軽弁は、東京の人間にもわかるように気をつかったものである。

ちなみに、淡谷のり子さんと先代の高橋竹山さんが、二人で話す津軽弁は、その一割も理解できなかった。

明治まではきちんと伝えられてきた方言も、いまやその純粋性は失われた。

各地の放送局で、純粋な方言を大切にしているのは、琉球放送くらいである。

宮沢賢治の詩を、同郷の長岡輝子さんが読むと、「雨ニモ負ケズ」に納得する。

活字を追って読む「雨ニモ負ケズ」は、偽善者めいたものを感じて、白けたことさえあったが、長岡さんの朗読には涙した。

これは、文字にならない音がそうするのである。

三波春夫さんは越後の人。

エチゴはイチゴになり、エイにいたってはイエになる。

これを無理して書くと……

「イエさん」

「三波さん、エイです」

「イエでしょ?」

「いいえ、エ・イです」

「だから、イエじゃないですか、イエさん」

つまり、発音される音以前に、聞く耳の段階で逆転しているのだ。

これは、注意して直るものじゃないし、もともと、間違っているといってはいけない発音なのだ。

ちなみにぼくは、アサシヒンブン、イワナミヒンショと言っているかも。

旅をしていると、方言のなかに、ホッとする言葉と出会うときがある。

佐渡で、民俗学の本間雅彦先生夫妻にお話をうかがったとき。

自分たちの「結婚」のことを、「ねんごろ添い」とおっしゃった。

「わたしどもは、〈ねんごろ添い〉で……」という言葉のなんという優しさ。

正確には、方言というのとは違うかもしれないが、地方の文化に根づいた言葉という意味では同じだろう。

その感動を、帰京してから、小さん師匠に伝えた。

「いいなァ、ねんごろ添いなァ、ウン、いい言葉だなァ」

そして、つぶやいた。

「オレんとこなんざ、〈くっつきあい〉だなァ」

＊　＊　＊

「沖縄の〈方言札〉は、昭和四〇年代までありました。
方言を使うと、罰に〈方言を使いました〉という札を首にかけるんです。
いまになって、方言を大切にしよう、と言われてもねェ」

○

「この縁日じゃ、このヒヨコが何たって一番だよ。
ホラ、このヒヨコをよく見てごらん。
あの天然記念物、ヤンバルクイナの親戚だよ。
……ホントだよ、同じ鳥類に属しているんだから」

☆香具師《やし》には日本語の達人が多い。啖呵売《たんかばい》の言葉でだまされたって、怒ってはいけない。寅さんは品物を売るのではなく、言葉を売っているのだ。

〈ホラ、粋な姐《ねえ》チャン、立ちションベン〉
これで立ち止まらないほうがおかしい。
インチキもまた、言葉しだいで商売になる時代があったのだ。
最近の政治家は、マニフェストという啖呵売をしている。

○

「奄美大島では、歌のうまい人のことを〈唄者〉といいます。
〈うたしゃ〉……
〈歌手〉よりいいと思うね」

○

「商品名は、旧国名のほうが売れます。
宮崎牛は日向《ひゅうが》牛。
岩手せんべいは南部せんべい。

石川料理よりは加賀料理。
……いろいろあります」

○

「へのへのもへじは関東。
へのへのもへのは関西。
名古屋はへのへのもへ。
金沢で聞いたのはへめへめくこひ。
地方・育ちによっていろいろあるでしょうが、ひさしぶりに書いてごらんなさい。
可愛いから」

☆読者へのお願い。
ここで本当に描いてみてください。
指先でけっこうです。

金沢の〈ひ〉は、最後にくるりと顔をかこんでください。

○

「京の着倒れ。
大阪の食い倒れ。
ここまでは、よく言いますなァ。
佐渡の舞い倒れ。
日本の能舞台の三分の一は、佐渡にありますからね」

☆〈舞い倒れ〉という言葉は聞きなれない。
しかし、能舞台がどの村にもあるというのはたしかで、祭りの好きな佐渡の人たちは、〈鬼太鼓《おんでこ》〉〈相川音頭〉〈佐渡おけさ〉に代表される芸能好きである。

太鼓集団〈鼓童《こどう》〉も、世界的に活躍している。

○

「薬の名前といえば……
イタミトール。
イボコロリ。
キズナオール。
トンプク。
ネツサガール。
……効きそうでホッとするね」

○

「〈万病に効く薬〉というのがあったけど、
薬事法では万病に効くと書くのは許されないということで、
せめて〈百薬の長〉どまりだね」

☆最近では、新しい商品名をつくるときには〈ン〉の音の入るものを、というのは常識になっている。

たしかに、〈ン〉でリズミカルになる。〈文庫〉も〈新書〉も、ちゃんと〈ン〉が入っている。〈万病〉も同じく……

○

「日本は八百万《やおよろず》の神々のいる国です。

その日本の神社は、怨霊《おんりよう》を鎮めるのが大部分ですよね。

たとえば、神田明神は平将門《まさかど》。

天神様は菅原道真《みちざね》。

このことを外国に説明しなきゃダメですよ。

靖国神社に参拝するのは、戦争で殺された怨霊の怨念を説得して、鎮めに行くんですから、正しいんですよ……

ねェ、そう思いませんか。
……思わない？……ウーン」

☆誰でも神格化されるとなれば、〈八百万〉では足りなくなる。
そのなかで、怨念を鎮めるというかたちになると、諏訪大社の〈御柱《おんばしら》〉のように、
爆発するエネルギーが象徴する。

○

「有明埋め立て、ハンターイ！
かしこくも昭和天皇は、有明をご心配なさって、歌をお詠みくださった。
よく聞けェ！
〈めづらしき海蝸牛《うみまいまい》も海茸《うみたけ》もほろびゆく日のなかれといのる〉
コラァ、陛下のお気持ちを踏みにじる奴は、非国民だぞォ」

☆政治結社の街宣車のアナウンスも変わってきた。
スピーカーから、〈目を覚ませ!〉と、それだけを連呼して走る車があった。

○

「〈ふれあい○○○○〉という公共施設や公園が増えて、
日本じゅう〈ふれあい〉だらけだなァと思っていたら、
この頃、〈あじわい××××〉という名前が増えてます」

○

「〈幻の酒〉とか、〈幻の布〉とか……
〈幻〉って言葉に弱いと思いません?
なんだかとても良いものに思えちゃうのよね。
〈幻の愛人〉なんて、いいと思わない?」

「その土地の言葉、その土地の食事、その土地の祭り。
これを大切にしてきた老人が、その土地の文化を守ってきた人たちです」

○

「県民性があるというなら、
その土地の食事をして、その土地の方言がきちんと話せる人にしか、残っていないでしょうね」

○

「よく見かける言葉なんですけど、ノー・ポイとかいうでしょう。
アレ、いやですねェ。
おむつのノー・モレ。

どういう神経なんでしょう。
ノー・モレ・ゲンパツとでも言うんならねェ」

○

「〈ポイ捨て〉って、よく聞くけど、品のない日本語だと思わないかい?
ポイっていうのは、なんなんだ。
捨てることがいけなくて、ポイは別に悪いことじゃないのになァ」

○

「旅館で、客を相手に、社長と副社長が出てくるなよ。
亭主と女将《おかみ》でいいじゃないか。
客で来ている課長や部長のことを考えろ」

☆その旅館に部長や課長が泊まったとして、そこに〈社長でございます〉と主人が出てきたら、嫌味としかとられないと思うのだけれど……
社長からペコペコされて、それで部長や課長が嬉しいなら、話は別だ。

○

「病院で薬をくれるとき、〈投薬〉と言いますね。
なんで〈投げる〉なんでしょう？
せめて、〈渡して〉ほしいなァ」

○

「投資というのは、〈投〉と書く。
投げちゃったものまで責任は持てません」

○

「カンポっていうから、何だと思ったら、簡易保険のことなんだってね。

じゃ、介護保険はカイポかい？」

○

「〈単身不妊〉って書いた奴がいる！」

○

「〈外因性内分泌攪乱化学物質〉って言ってくれよ。〈環境ホルモン〉じゃ、怖さが伝わらないよ」

○

「〈永久戦犯〉だとばかり思っていたら、〈A級戦犯〉なんだってね。……知ってた？」

○

「葬式に呼ばれたタクシーがさ、〈ラッキー〉〈ハッピー〉〈寿〉という社名で並んでいて、ウン、なんだか楽しいよね」

☆〈ふざけるんじゃない！〉と叱られそうな車が並んだのだが、これは偶然。ところが偶然とはいっても、異様な雰囲気になった話がある。
有名な作家の葬儀が終わって、火葬場へ向かうタクシーの乗り方で……〈一号車には喪主の奥様、どうぞ。二号車には○○サン……〉
この○○サンが本当に二号さんだった。

○

「北朝鮮の船が来ると、マスコミだけじゃなく、右翼のみなさんが街宣車に乗って、たくさん来るんです。それで、お弁当も売れて街が活気づいて、ハイ。

商店街とも連帯感が生まれて、ハイ。
どんどん、来てほしいですね。
この街のタクシーは、みんな、そう思ってますよ」

○

「わたし、マイノリティのニューカマーと言われました。
日本語むずかしくて、ワカリマセン」

○

☆日本通のアメリカの友人と、寿司屋に行ったとき、彼が〈サビ抜きで〉と注文をした。
板前は、サビ抜きの寿司を出しながら……
〈ヘイ、お待ちどう、マスタード抜き!〉

○

「複数に賞状を渡すとき、

最初のひとりだけ、全文を読んでさ、
次から、〈以下同文〉て言うことがあるじゃん。
ふざけんじゃねェやって、言いたいよな」

○

「〈山笑う〉〈山眠る〉という季語があるでしょう。
そんなふうに、山を人格化してきた民族なんですよね。
それなのに、どうしていま、山を荒れたままにしているのか。
淋しいもんです」

○

「あっしのことをね、職人じゃなくてテクノクリエーターだ、という奴が取材に来てさ。

……職人としては落ち着かなかったねェ」

○

「大工の学校をつくって、職人を教授にしたいと思っているんですが……
文部省が許してくれません。
それで、職人をニックネームで〈教授〉と呼ぶことにしました」

○

☆〈文部省〉、いまは〈文部科学省〉。名前は変わっても中身は……

○

「職人が無口だなんて、誰が決めたんだ。
オレはおしゃべりな職人だ。
文句があるか！」

「着こなす。
使いこなす。
乗りこなす。
……この〈こなす〉ができていない」

○

「珍味と美味は違います。
珍味が美味とは限りません」

○

「プロマイドは日本語の商品名。
ブロマイドは英語。
だから、プでも間違いじゃありません」

○

「禁煙しなくたって、いいけどさ。
タバコの名前を変えりゃいいんだよ。
〈短命〉〈心不全〉、片仮名が好きなら〈クモマッカ〉とか……」

○

「犬や猫、ペットに名前をつけちゃうと、もういけません。
捨てたり、食ったりできなくなります。
名前をつけるってことは、そういうものです」

ラジオの「全国こども電話相談室」で、「動物って、言葉を使いますか」という質問がよく来ます。

＊　　＊　　＊

動物は言葉は使いません。

春先、猫が盛りがついているときなんか、ニャーニャーうるさくて、口説いているようにもみえますけれども、あれは符号＝サインであって、言葉じゃない。

言葉を使えるのは、唯一、人間だけ。

これが人間と動物の違いなんです。

ところが最近、符号だけで話しているように見える若い人たちが増えている。

言葉ではなく、符号なんです。

全部、符号ですませちゃっている。

だから、メールとか携帯電話とか、ともかくふんだんに話をしているのに、使う言葉の数は極端に少ない。

そうしてはいけないとは言いません。

でも、ふつうの言葉が使えなくなっているとすると、やはり問題でしょう。


いま、挨拶ができない、返事ができないという若者や子どもたちが増えています。

たとえば、「こんにちは」と言われて、「こんにちは」と返事することができない。

このあいだ、幼稚園の先生たちと会って、こんなことを聞きました。

園児に教える大事なことは三つあって、それは「返事」と「挨拶」と「後片付け」。

「はい」という返事ができること。

「こんにちは」「さようなら」「いただきます」「ごちそうさま」、こうした挨拶ができること。

そして、遊んだあと、学んだあとの後片付けができること。

そのなかでもまず、いちばんしっかり教えなければいけないのは、「はい」という返事。

「はい」というとき、いろいろなバリエーションがありますね。

にこやかな「はい」もあれば、いやいやながらの「はい」もある。

「答えるもんか」という気分の「はい」だってある。

そういう「はい」を使いこなす。

そのためには、「はい」と答える習慣がなければならない。

本当はこれは、家で教えることでした。

おとうさんおかあさん、おじいちゃんおばあちゃんからいろいろ言われて、自然と覚えることでしたよね。

「きちんとしなさい！」と叱られて、しぶしぶいやいや、「はーい」と答えたりする。

叱ったほうも「ああ、いやなんだな」ということがわかったりして、そういうニュアンスをお互いの言葉で感じとる。そういうものでした。

それがいま、家のなかで乏しくなっている。

これは、人と人が向かい合わなくなっていることとつながっているんです。

子どもと向かい合う大人も少なくなりました。

そのなかで、「こども電話相談室」は、放送が終わっても、子どもが納得するまで、語りかける姿勢を通しています。

この番組でなつかしいのは、山形弁まるだしで答えていた無着成恭《むちゃくせいきょう》さん。

無着さんは、かつて山形県で山の分校の教師をしていました。子どもたちに語りかけ、それが『山びこ学校』という本となって、ベストセラーに。

その後、教育評論家、そして学校経営。

タレントとしてもメディアで活躍していました。

いまはすべてのマスコミから離れ、山寺の僧侶として、集まる人たちに語りかけています。

マスコミからの引退というのは、とてもむずかしいのですが……

「むかし、子どもに語りかけたように、また、同じようにして終わりたい」

そうおっしゃる無着さんの目元は涼しく、温かい。

山寺から山寺へ。

ぼくも無着さんの真似をしたいけれど、そうはいかないと悟りました。

せめてと思い、無着さんの寺に通って、法話を聞いています。

その無着さんは、学校の授業に「生命」という時間を作るべきだとおっしゃっていました。

そしていま、小さな集会での法話に力を注ぎながら、仏教国カンボジアでの学校づくりに熱中しています。

二〇〇四年。

年賀状のなかに、無着さんからのものがあり、大分県国東《くにさき》半島の山の中にある泉福寺《せんぷくじ》に越したとありました。この、室町時代の建物もある古刹《こさつ》、泉福寺の開祖は無著禅師《むじゃくぜんじ》(「むちゃく」とも読む)で、おさまるところにおさまった、ということでした。

この寺から発信する無着さんの考えをしっかり受けとめよう、と思っています。

＊　　　＊　　　＊

「暗唱、暗記、暗算……

いまの教育には、これがありません。

明るい教育と、〈暗〉という字があわないからでしょうか。

そういうわけで、日本の教育はお先真っ暗です」

○

「子どもと向かい合って、

目をあわせて、話をしたことがありますか？」

○

「むかしは、読み、書き、算盤《そろばん》。

あとは寄席に行って落語や講談を聞いてりゃ、

立派に智恵がついて、一人前になったもんだ」

○

「〈子どもに生きる力を〉って言うけれど、〈危ないことはしないように〉ってさァ。刃物はいけない、火はいけない。

……生きるってことは危ないことなんだってこと、教えなきゃ」

○

「おんぶにだっこと言いますが、近頃の子どもたちはおんぶ体験がなくなっています。肌で感じる親子、親の背中から見た思い出のある子、子どもを背中で感じる親……大切なんですけどね」

○

「〈お前は健気《けなげ》で利発《りはつ》な子だ、了見《りょうけん》がいいね〉って言ったら……

意味が通じなかった」

○

「文部省のさァ、ゆとり教育って、おかしいんだよ。ゆとりなんてものは、厳しさを耐えて出てくるものなんだ。はなっからゆとりがあるってのは、だらしがねェってことだよ」

☆〈教育にゆとりを〉という考え方を、授業時間を少なくすることで具体的にしたのがおかしい、とぼくも思う。〈ゆとり〉というのは、当人が工夫してつくり出すものである。〈ゆとり〉がつくれる子どもに育てることが大切なのに……

○

「〈いま大切にしたい言葉は？〉って聞いたら、

〈親孝行〉と〈恩返し〉が一位を争ったそうですよ」

○

「イエーイ！　お前ら、親孝行やってるかァ！
イエーイ！　お前ら、義理人情を忘れるなァ！
イエーイ！　お前ら、年寄りを大切にしろォ！
行くぞォ！
ワン、トゥ、スリー！」

☆これはライブハウスで聞いた言葉。ロックの若者が、浪花節的発想で、〈親孝行やってるかァ〉〈イエーイ〉と盛り上がっているのだが——
全員が親不孝の面構えだった。
親孝行やってりゃ、深夜まで遊んじゃいないだろう。
〈お前ら、親不孝者め！〉〈イエーイ〉

○

「オレはね、若い奴が酔ったあげくに何を言おうが、怒らないよ。
酔っているんだから、怒らない。
それがだよ、〈酒の上の失礼をしました〉って、謝りに来るから怒るんだ。
酒に責任を押しつける奴は許せねェ！」

○

「若い連中の声が小さくなっています。
コソコソと話をしている。
あれは、どうみても悪だくみだ」

☆〈声が小さい〉と言って、〈耳が遠いんじゃないですか〉と言い返されたことがある。
小さな会場でもマイクを持って、電気の音量に慣れてしまい、肉声の魅力は忘れられつつある。

若い連中は、音声を失い、同時に文字もパソコンまかせになって、漢字を知ろうという心も失ってきた。

＊　　　＊　　　＊

ぼくがラジオや講演で、「レイゾウコ」と話したとすると、聞いている人たちには「冷蔵庫」という漢字が思い浮かび、その浮かんだ文字で言葉がわかります。

ソーゾーリョクと言えば、創造力なのか想像力なのか、どちらかを判断する。

つまり、われわれは話を聞いたとき、まず頭のなかに文字が浮かび、その文字で理解しています。

ところが、いまの子たちは文字を知らない。

文字で理解しないから、言葉が少なくなってくるんです。

これには、いまの教育のあり方も関係しています。

むかしは「漢文」の授業があり、そこで文字の文化を身につけた。

意味がわからなくても漢詩を暗唱し、「箱根八里」のような難しい歌を歌ってました。

〽イップカンニアタルヤ、バンプモヒラクナシ（一夫関に当たるや、万夫も開くなし）

むかしの教育が正しかった、と言うわけではありません。教育のかたちが時代にあわせて変化するのは当然です。でも、何をどのように変えるのか、残すべきものと切り捨てるべきものは何か、その選択が問題で、「理解させる」ということだけに重点をおいた教育は、どこかで、大事なものを失っていないかと思うんですね。

作曲家の服部公一さんは、幼稚園長でもあって、そこでは、齋藤孝さんより早く、「寿限無《じゆげむ》」を暗唱させていたそうです。

生まれた男の子に、檀那寺《だんなでら》の住職にめでたい名前をつけてもらおうとして、とんでもない長い名前になってしまうという、おなじみの落語。

ジュゲムジュゲム、ゴコウノスリキレ(ズ)、カイジャリスイギョノスイギョウマツ、ウンギョウマツ、フウライマツ、クウネルトコロニスムトコロ、ヤブラコウジブラコウジ、パイポパイポ、パイポノシューリンガン、シューリンガンノグーリンダイ、グーリンダイノポンポコピーノポンポコナノチョウキュウメイノチョウスケ

（寿限無寿限無、五劫のすり切れ（ず）、海砂利水魚の水行末、雲行末、風来末、食う寝る所に住む所、やぶら小路ぶら小路［藪柑子とも］、パイポパイポ、パイポのシューリンガン、シューリンガンのグーリンダイ、グーリンダイのポンポコピーのポンポコナの長久命の長助）

これを子どもたちは、理解はできないけれども、おもしろがって、アッというまに覚える。丸暗記してそらんじていれば、いつか意味がわかります。

これは大事なことなんです。

さて、漢字。

ぼくはときどき、頼まれて、入社したばかりのアナウンサーの卵たちに話をしますが、そのとき、まずこう言います。

「ゴンベン＝言偏の漢字を知っているかぎり書いてごらん」

「これから言葉でものを伝えるという仕事をするのだから、ゴンベンの字を知れば知るほど、表現力が豊かになるから」

みなさんはいくつ浮かびますか？

二つ、三つじゃないでしょう？　一〇や二〇は思い浮かぶはず。

まずは大本の「言」。いちばん下に「口」があって、そのうえの、長い棒が一本入った四本の棒は「心」。つまり「口から出る心」が「言」。

ゴンベンの字を、思いつくまま、並べてみましょう。

「話」「語」「訳」「詠」「訛」「評」「講」「議」「談」「訂」「記」「訓」「託」「許」「訟」「訝」「詐」「詞」「証」「詔」「診」「訴」「詰」「誇」「詩」「詳」「誤」「説」「認」「誘」「謁」「諸」「請」「諾」「誕」「論」「諭」「諧」「謹」「謝」「警」……

ゴンベンに「舌」で、「話」。なるほど。

ゴンベンに「吾」で、「語」。

「吾」は「わたし」ではなく、「たがいに」という意味。

だから「語らい」です。

「訳」は、これが馬偏なら「駅」。

駅はそのむかし、馬を乗り換えて道中を続けるためのものでした。

つまり、つなぐためのもの。別の国の言葉を自分たちの言葉につなぐ。だから「訳」。

「詠」の旁《つくり》の「永」は長くのばすこと。「詠嘆」「吟詠」、みな声をのばすからです。

「訛」。言葉が化ける。

「評」。言葉が公平でなければと教えてくれる。

召されて告げ知らされる言葉が「詔」。

「警」は言葉でいましめること。だから、警察官は言葉を大切にしなければいけない。

漢字は文字の一つひとつに意味があるから、とてもおもしろい。

せっかくの文化なんですから、大事にしたほうが楽しいじゃないですか。


漢字といえば、振り仮名。

これもおもしろい。

ぼくの大好きな本のひとつに、幸田露伴の『五重塔』があります。

この本についてぼくが書いた文章から(「達人が選んだ「もう一度読みたい」一冊」『文藝春秋』二〇〇一年八月号)。

醇粋〔純粋〕・いっぽんぎ
義理・すじみち
待遇・あしらい
伎倆・うで
注意・こころぞえ
行状・みもち
突然・だしぬけ
好色漢・しれもの

ちょっと拾い出しただけでも、これだけの嬉しいルビが振ってあるのが、幸田露伴の『五重塔』である。

古文漢文の素養と、下町の世話場の会話が身についていなければ、こうした粋なルビは振れまい。

しかも、樋口一葉と同じく、作家として二〇代の作品である。

『五重塔』をバイブルのように読んできた理由がここにある。声を出して読むと、さらに伝法《でんぽう》な口調に酔うことができる。

ぼくは「ものつくり大学」(梅原猛総長)で講演したときにも、『五重塔』を教科書にした。

岩波文庫の三六〇円、全一二八頁。

こんなに手軽な教科書または参考書はない、と思う。

それでいて、主人公の大工、のっそり十兵衛、棟梁《とうりょう》の川越源太郎、そして感応寺上人、三人の主役が「ものつくり」のあり方を示してくれるおもしろさ。

ラストシーンで、上人が「江都《こうと》の住人十兵衛これを造り川越源太郎これを成す」と書いて五重塔に納める場面は、何度読んでも胸が熱くなる。

「──を造り──を成す」

造る人だけでは成立しないのである。

成す人がいて、初めて仕事は完成する。

施主と棟梁と職人。

スポンサーとプロデューサーとアーティスト。

三本柱とはよくいったもので、どの部分が欠けても、安定感のあるものにはならない。丁々発止《ちょうちょうはっし》と、主張をぶつけあいながら、それでも立派な五重塔をつくろうという意欲は貫き通していく三人。

この対立しながらも和を忘れない「ものつくり」の姿勢が尊くみえてくる。

芝居にも映画にもなった名作だが、やっぱり、原文を声を出して読むときに、もっとも感動する作品である。

そして、そのときに楽しいのが、冒頭に紹介したルビなのである。

いまの読み方で、「義理」を「ぎり」、「待遇」を「たいぐう」と読んでしまったら、何の意味もなくなってしまう。

「純粋」と同じ意味・発音の「醇粋」を「いっぽんぎ」とルビを振った露伴の思いをどう受けとめるかが、読む側に要求される。

同時に、「携帯・Eメール文化」の二一世紀、符号化しつつある将来の日本語がどうなるか、という問題にも重なってくるのが、『五重塔』という一冊なのである。

このルビに反響があったので、さらにアンコール。
あなたなら、どうルビを振りますか？

良人・うちのひと／女房・かか／戦々・わなわな／喝采・やんや／関係・かかりあい／御洞察・おみとおし／挙動・そぶり／軽挙・かるはずみ／活用・はたらき／更衣・うつりかえ／有名・なうて／命令・いいつけ／大概・あらまし／冷語・ひやかし／悄然・しおしお／衣服・べべ／煩悶・もしゃくしゃ／桑門・よすてびと／道理・もっとも／平素・つね／野生・わたくし／厳格・おごそか／現然・ありあり／醜態・ざま／標準・きめどころ

たとえば、ここに「醜態」と書いて「ざま」というルビ。
「死にざま」はあるけれど、「生きざま」という言葉を「生き方」のように使うのはやはりおかしいとわかります。

だからといって、こうした言葉づかいに、「正しさ」を持ち込むのはどうかと思っています。

ここにあるのは、言葉づかいの智恵です。

III

届くように

――「ラジオは吹いている風です」

LOVE

民俗学者の宮本常一《つねいち》さん。
ぼくははたちそこそこのとき、アルバイトをしているうちに放送のほうにのめりこんでしまったのですが、そうしたら、宮本さんはこうおっしゃった。

「これからは放送の仕事が大事になる。
ただ、そのときに注意してほしいことがある。
電波の届く先に行って、そこに暮らす人の話を聞いてほしい。
その言葉をスタジオに持って帰ってほしい。
スタジオで考えないで、人びとの言葉を届ける仕事をしてほしい」

ぼくは、これをずっと肝に銘じてきました。
長寿番組となった「誰かとどこかで」もここから発しているんです。

*　*　*

「オレたち職人にとって、ラジオは吹いている風です。
だから、仕事しながらでも聴いていられる。
いい風が吹いていると、楽しく仕事ができる。
そこが、テレビよりラジオがすぐれている点です」

☆職人にかぎらず、農林業の現場や病院でも、ラジオはいい風になっている。
テレビを見ながらでは、仕事はできない。
ラジオは、聴いたり聴かなかったりでいいのだ。
気になったら聴けばいい。
気にならなかったら聴かなければいい。
ぼくたちは、スタジオでいい風になる努力を続けるだけだ。

○

「ラジオは〈何が起きたか〉を伝えるのではなく、〈何が起こりつつあるか〉を伝えるメディアなのだ。テレビはゆっくりいらっしゃい」

○

「オリンピック中継でわかったけど、スポーツアナっていうのは、みんな国粋主義者だなァ」

○

「スポーツの選手がインタビューされると、だいたいいつも、〈そうですねェ〉と言ってから答えるでしょ。あれは、〈そうですねェ〉としか言えない質問の仕方をしているからです。

インタビュアーの言葉と質問がワンパターンなんですよ」

○

「アナウンサーによくいるんだけど……
本当にガンバッている人に向かって、気軽に〈ガンバッてください〉なんて言う。
ああいうアナウンサーは首を絞めてやりたい」

○

「アナウンサーで、ちゃんと声の出ている人がいなくなりました。
言葉は出るけど、声が出ていません」

○

「テレビのキャスターがやめると社会ニュースになるけれど、
ラジオのキャスターは何十年やってやめたって、問題にされない」

☆二〇〇四年、〈ニュースステーション〉が久米宏から古舘伊知郎に変わる。
そのことが社会的事件になるのを見ていると、テレビが自分でニュースにして、自分で報道しているのがよくわかる。

○

「テレビじゃ、画面がないと、ニュースになりません。
テレビカメラのないところでは、何が起きても、それは起きたことになりません」

○

「暇なときはテレビを見て、番組にケチをつける。
これをやっておくと、株主総会に行ったときに役に立つんですわ」
☆これは当然、総会屋幹部の言葉。

間髪を入れずに相手の言葉を捉えるフットワークのトレーニングである。

○

「芸人とか、タレントとかって言われるのは、嫌ですね。
ぼくはパフォーマンス・アーティストです」

○

「ワイドショーは、どんなタレントが亡くなっても、〈名優〉〈大歌手〉にしてしまいます。

無名の歌手は〈幻の大歌手〉ですから」

☆タレントにかぎらず、ちっとも噂になっていなくても、〈これが噂の〉と話題にし、テレビがとりあげると、〈これが評判の〉となり、そこまでくれば、〈これが人気抜群の〉につながり、やがて〈これが忘れられた〉と、何度でも使いまわす。

○

「ゲスト・コメンテーターとして、ご出演願いたいのですが……
エッ？
ゲスト・コメンテーターですよ？
こういっちゃ何ですが、有名になりますよ。
ただ並んでいてくだされば……
ダメですか？
……信じられませんねェ」

○

「テレビ見てるの？
ありゃ見るもんじゃありません。
出るもんです」

○

「むかしは、いい仕事をして有名になったもんですが、テレビからこっち、ただ有名という有名人ばかりになりました」

○

「テレビが開局したころは、出演していただくのに、どれだけ口説きに通ったか……それでも、断られることが続きました。出演交渉、それがプロデューサーやスタッフの仕事でしたね。いまは出たい人ばっかりで……楽だけじゃない、儲かりもしますからね」

○

「社長がですよ、

自分の会社が作ってる商品を知らないってことはありません。
でも、放送局の社長は、自分の局の番組を全部見るわけにはいかない。
だから、恥ずかしくないんです」

＊　　　＊　　　＊

ラジオは見えない。

でも、見えないということは、想像力をかきたてるという利点にもなる。

聴くほうは神経を集中するから、想像力で補って理解し、笑い、感動する。

ラジオがいかにおもしろいか、という話をするときに、いつも例に出すのが、年末の「紅白歌合戦」。

たとえば、小林幸子が出てくるシーン。

テレビは、みんな映っているから、「ワッ」というだけの話。

ラジオのアナウンサーは、小林幸子の衣装の変化と、バカバカしいほどの大きさを伝えるために、どれだけ苦労するか。

「小林幸子、どこにいるのかわかりません。いましたッ！

顔がありましたァ！

ドレスが観音開きになって、その裏には豆電球が輝いています。

アッ！　のぼります、宙に浮きましたァァ！」

歌を聴くどころじゃない。

ときどき、ラジオのレポーターで、「カメラのないのが残念です」。

テレビのレポーターでも、料理の番組で「いい匂いがしているんですけど、この匂いがお伝えできなくて」。

自分の表現力のなさを恥じるどころか、開き直っている。

「見えるラジオ」「匂うテレビ」を工夫してこそ意味があるのに、その努力が足りない。

そして、「災害時こそラジオ」というが、それにはふだんからラジオを聴いている生活習慣が必要である。

「地震だ！　ラジオだ！」ではなく、いつも、ラジオ・テレビ・新聞、そしてインターネットにいたるまで、それぞれの機能を上手に使いこなすことが必要になる。

テレビはいま、「地上波デジタル」で大騒ぎ。

「多チャンネル」「多機能」になったら、視聴率なんて、どこかに消えてしまう予定なのだ。

テレビほど、技術進歩に振りまわされているものはない。

いまや、携帯電話が、電話からカメラ、そしてテレビに進化してしまった。

そうなると、気になるのは「ラジオに未来があるか?」ということで……

その取材に答えた文章を(『これからどうなる21』二〇〇〇年、岩波書店)。

ラジオ、テレビからインターネットの時代へと、情報の運び方の質が変わってきた。

ラジオは、はっきり言って、弱体化しても強力になることはない。

ただ、ＮＨＫの「ラジオ深夜便」に代表されるような番組が選ばれて聴かれるということがある。それともうひとつ、機動力でいうと、災害・交通情報。けれど、ラジオでなくても、カーナビで渋滞もわかるし、災害情報も、東京なら多分、ＭＸテレビが代行するだろう。ラジオがラジオであるための部分が、どんどん削り取られるように減っている。

最近の例では、ロックのＧＬＡＹのコンサートに二〇万人集まった。ぼくの番組を聴いている人がそれだけいるだろうか。

むかしはラジオというメディアは、電波が野を越え山を越え、たくさんの人に聴かれているんだという連帯感が、話すほうにも受けとめるほうにもあった。

そもそも、日本のラジオは、ヨーロッパやアメリカの場合にくらべて、育ち方がまるで違う。大正末期、東京・大阪・名古屋に生まれた放送局を、そのまま、その土地の局にしておけばよかったのに、政府がすぐに、日本放送協会に統合してしまった。

欧米では、どこでも、その町のラジオ、その村のラジオとして育ったし、いま、たとえば国際的な環境保護団体グリーンピースなども、自分たちの放送局を持っている。

戦後、日本に民放が生まれたときには、全国各地で、素朴ではあっても地域密着型で始めたのだが、それらもその後、みな中央志向になってしまい、独自制作の番組が少なく、東京からネットして流している。

そのなかで、琉球放送が沖縄弁を多用しているように、このパターンで、津軽でも金沢でもやらなければいけないのだ。

いま、たとえば、被災地神戸で生まれたFMワイワイのように、どこそこのご町内で短波を始めた、といった話はある。

スポンサーがどうなるか、という問題があるにしても、このかたちがジワジワ広がり、育っていけば、ラジオは変わる。とはいうものの、一方でテレビもインターネットも、これからはローカルな発信を強めていくだろう。

しかも、二〇〇〇年からテレビのデジタル化が始まり、何百チャンネルにもなると、ラジオを聴くのは、病院で入院中の人、目の見えない人、店番をしている人、農作業や漁業の現場、あるいはクルマの中など、特定のリスナーに限られてしまう。

ただ、テレビが一〇〇チャンネル、二〇〇チャンネルになると、若い人はともかく、おじさんおばさんたちにとって、そのなかから見たい番組を探すのはむずかしくなる。

そこで「どうぞラジオにいらっしゃい。ラジオはむかしのまま、やってますよ」と呼びかけることはできるだろう。

そして、そう考えると、そこから少し見えてくるものもある。

テレビが芸能人のスキャンダルなどを賑やかにやっているのと違って、ラジオには、たとえば「庭のアサガオが咲いた」「ホタルがやってきた」などという、ささやかな日常の話題を提供する道はありうるのだ。

でも、マスメディアのひとつとして、政治や社会の問題について、何かを主張したり、世の中を動かすといったことは、残念ながらあるまい。

ケネディの暗殺(一九六三年一一月二三日、初の日米間テレビ宇宙中継)のとき以来、メディアの主力はテレビになってしまった。そのときに、ラジオはどうしようか、と本気で検討されないまま、テレビの影響力が増すにつれて、ラジオは影が薄くなっていった。

そのテレビも、チャンネルが増えると視聴者が拡散していくから、いまラジオが味わっている虚しさを、これから味わうに違いない。

ともかく、ぼくはラジオのご臨終に立ち会ってしまうかもしれない。

テレビにはない、ラジオならではの能力・機能をみんなが、どう探し出すか、ということはあるにしても、それが探し出せればラジオに未来はあるかといえば、それは、やはりないのではないか。ラジオは、伝統芸能だと思えばいいのだ。

つまり、滅びそうで滅びないところが似ている。

最後にひとこと。そうはいっても、こういう予測がはずれる可能性も、もちろんあることを強調しておきたい。

これを読んだあなたがラジオをもっと聴いてくださるようになれば、状況は変わるかもしれないのだ。

文章だけでなく、ラジオについて話をするチャンスも増えた。

文章の言葉と違ったニュアンスなので、これもご紹介しておく。

ラジオやテレビについて、いろいろな場面で話した言葉から……

＊　＊　＊

テレビと違って、ラジオは耳、音と言葉の記憶ですよね。

聴覚は人間の五感のうち、胎内からご臨終まで、いちばん長く働いています。

ラジオのおもしろいところは、ここです。

亡くなった女房が同世代でしたが、お昼過ぎにＮＨＫラジオの「昼のいこい」のテーマが流れてくると、子どものときに風邪をひいて学校を休んだ日のことを、克明に思い出すんですって。

五〇年前の音がいまも流れている、それがラジオです。

ぼくも、子どものときに大好きだった志村正順《せいじゅん》アナや藤倉修一アナの声は、いまでも耳の底にしっかり残っています。

志村さんはＮＨＫにいらして、「学徒出陣」のときの中継をされたことでも有名ですが、相撲や野球など、スポーツの中継がとても得意な方でした。

たとえば、きょうの青空がどんなにすばらしいかということを、こう言ったんですよ。


「すばらしい空です。

この空の中に手を突っ込むと真っ青に染まりそうな空です」


いいでしょう？

空に手を突っ込むということはあり得ないんだけれども、どれだけ青いかというときに、手を入れると手が真っ青に染まりそうな青い空です、ということがいえる人なんですね。

あのころの方には、そういう物言い、言葉の工夫がとても多かった。

残念ながら、いまのアナウンサーには言葉に智恵がない。

じつは、間違えているのに誰も気がつかなかったという中継があるんですよ。

それは「真っ白な空に青い雲がぽっかりと」（笑）。

一瞬わからない（笑）。

ほんと、言葉って、ちゃんと聞いてないとわからないときがあるんですよ。

＊　＊　＊

ラジオでいちばん大事なことのひとつは、声の質です。

五人なら五人の座談会の番組を組むとしたら、もちろんその分野の専門家という選び方も必要だけれども、声の質の配分も大事。

極端なことをいえば、オペラを構成するときのように、バリトンがいる、テナーがいる、ベースがいるというように、計算された構成を考えなければならないと思うんです。

聴いていて、それがどんなに心地よいものか……

ですからぼくは、ラジオで何人かの方とごいっしょするときは、今日はどの音程でいくべきか、考えますね。

低くいこうかとか、キンキンした高い声でいこうか、とか……

そういう気の使い方をラジオがまったく忘れちゃってる。

これはラジオドラマをつくらなくなったからかな。

＊　＊　＊

ラジオをよく聴いてくださっているのは、現場の人たちが多い。

小売店のおばさんたち、農業に従事している人、物をつくっている職人さん……だから、「××市××町の××さん」とか、「乳がんと闘っているあなた」とか、個人情報のなかに共通する悩みや笑いを提供できるんですね。

この間、「伝統工芸の世界でどんどん後継者がいなくなっている」という話になったら、「その点、天皇陛下のところは後継者がちゃんと……。あれはどうやって育てているんだろうな」と言った職人さんがいました(笑)。

とても見事でしょう?

「天皇家はちゃんと仕事を継いでいるから偉い、育て方もうまい」というのは、象徴天皇に対する見事な庶民の評価なんです。

これはテレビでは言えません。

影響力があるぶん、テレビのほうがずっと怯えてものを言っています。

＊　＊　＊

ぼくがメディアと関わりを持つようになったのは中学時代。

ＮＨＫのラジオ番組「日曜娯楽版」に、時事コントを投稿したときからです。

浅草育ちですから、寄席によく行ったし、芸人さんもよく家に来てましたから、コントは自然にできた。そのときは、とくにそれが好きというのでやってたわけじゃなく、ましてや放送作家になろうと思っていたわけじゃありません。

じつは、当時ＮＨＫでは、はがきに書いたコントが採用されると、ギャラが出たんです。いろいろアルバイトしながら学校に通っていた苦学生としては、じつにありがたい話で、せっせと書きました。

そうしたら、「日曜娯楽版」でパーソナリティをやっていた三木鶏郎《とりろう》さんがおもしろがってくれたんですね。それで、レギュラーで書くようになったんです。

それでも学生は学生。まだ進路は決めてなかった。

それを一変させたのが、じつはテレビです。

ぼくはいわばテレビ界の一期生。

テレビ開局は五〇年前、ぼくは二〇歳でまだ学生でしたが、テレビとなると、ラジオと違って手間がかかるし、世話がやける。学校に行く時間がなくなっちゃった。

そのうちに、民放が開局されて、自然に仕事が増える。

ラジオにはラジオ作家という人たちがいましたけれど、テレビを書いている人は誰もいない。それで「新進気鋭の放送作家」ということになってしまった(笑)。

日本テレビの「光子の窓」、NHKの「夢であいましょう」といったバラエティ番組、それからいまも続いている日本テレビ系の「遠くへ行きたい」などなど。

ともかく先輩がいない世界なので、大変といえば大変だった。とくに「遠くへ行きたい」は、初めての旅番組でしたから、これは「つくった」という実感がありますね。

でも、ぼくはテレビが嫌いになりました(笑)。

じつはテレビがはじまってすぐ、これはぼくにあわないと思ってました。

だいたいテレビって、スタッフが多いでしょ。気に食わない奴がかならずひとりふたりいるし(笑)、なんにもしないでただゴロゴロしている奴がいる。あれが許せない(笑)。そのうちに、番組がみんな、バカバカしいものになっていく。何を考えて、何が言いたいのか、まったく伝わってこない。バラエティやクイズ番組を見ていると、出ている奴がバカだ、ということしか伝わってこない(笑)。

だいたい、テレビカメラの前でモノを食ったりしているのって、恥ずかしいと思わないのかな。

嫌いなものに無理して出ることはないし、出たい人はほかにいっぱいいますしね。

バラエティ番組で最後につくったのは、NHKの「テレビファソラシド」。あれは、NHKの女性アナウンサーをメインにする番組をつくりたかったのと、タモリをNHKに出られるようにするという、ふたつの目的があったからです。

だから、その目的が達せられたときにやめました。

いまは、テレビにはときどき出るだけにしています。

黒柳君の「徹子の部屋」、筑紫君の「ニュース23」に、それぞれ年一度は出るとか。

あとは、勝手にしゃべっていいという番組がもしあれば、それに出るとか。

それ以外のテレビは出ません。

それに、たまに出るほうがインパクトが強いみたいですね(笑)。

だって、めったに出演していないのに、「毎週見てます」と言う人がたくさんいる(笑)。

結局のところ、やはり、テレビではなくラジオ。

ラジオで四〇年近く続けている「誰かとどこかで」がありますが、仕事とはもともと、三〇年くらいやって、はじめて仕事らしくなってくるものですよ。

職人さんの仕事も、コツコツものを彫ったり、削ったりしながら、時間をかけてようやく一人前になっていく。

それはいまのテレビにはない。瞬間瞬間の忙しさですから。

想像力と創造力を鍛えるのはラジオ。

ラジオで生き生きして、テレビはつまらないと思う人はぼくだけじゃないと思いますよ。

それにしてもテレビはこれから、いやおうもなく、変わらなければならないでしょうね。

これまでは、ただ、巨大になってきただけのこと。組織や費用が大きくなればいいってもんじゃない、という問題に直面している、とぼくは思いますよ。
ぼくは引退するタイミングをはかりながら、ラジオで終わると思いますね。
もし、もしですよ。
テレビから出演交渉があったら……
「喜んで出る！」なんて言っちゃって(笑)。
これだけ悪口を言っていれば、もう出演交渉はないでしょう。

＊　　＊　　＊

「テレビ開局五〇年記念といってるけど、
この五〇年で、これだけ堕落したジャンルって、めずらしいんじゃないかな」

○

「ひさしぶりに日本に帰ってきて、テレビを見てると……
何か食べているか、悪ふざけをしているか、という番組ばっかりね」

☆この言葉は、じつに鋭いテレビ批判になっている。毎日、テレビを見ていると慣れてしまっていることが、〈ひさしぶりに帰国〉という状況では、ビックリすることになる。そういわれてテレビを見ていると、本当によく食べ、そして仲間内で悪ふざけをしている。
それどころか、悪ふざけしながら、食べている番組もある。

○

「テレビに出まくっている連中が品性下劣なのか。
テレビそのものが品性下劣なのか。
どっちなんでしょうね」

○

「放送はいいよなァ。
返品されないものなァ。
返品してやりてぇテレビ番組ばっかりでサ。
職人があんな品をつくってみろよ。
返品の山だぜ」

○

「〈テレビで言ってたけど〉というのが、口癖になっていないか？
何かというと、〈テレビで言ってた〉って、お前はテレビの回し者か！」

○

「テレビに出ている人間の本質を見抜く。
人の本質を見抜くトレーニングには、テレビも悪いものじゃありません」

☆とはいうものの、相当に悪いことをしている人でも、テレビにくりかえし登場していると、そのうちに許してしまう傾向が視聴者側にあると思う。

○

「……ただいま、番組中に、不適切な発言があったことをお詫びします。

……どこが不適切なのだというお問い合わせにはお答えできませんので、ご諒承ください」

☆テレビを見ていると、政治家をはじめ、警察とか病院とか、謝ったりしている場面はよくある。放送局も自局のミスを謝っているが、〈言葉〉の問題で謝ることも多い。ところが、これがよくわからない。〈不適切な発言〉とは何だったのか……
自主規制の〈言葉狩り〉はいつも問題になっている。

○

「テレビの若いスタッフが威張りくさっているのには、理由があります。自分より能力のないタレントが、ギャラをたくさん持っていく。そいつとバランスをとるには、威張るしか、ないじゃないですか」

○

「みどりの下の力持ち？
緑と縁、字は似てるけど、お前はアナウンサーなんだぞ。

それ、〈エンの下の力持ち〉っていうんだ！」

○

「子どものころ、楽しみといえば、NHKのラジオだけでした。

だから、落語でも、浄瑠璃《じようるり》でも、なんでも聴いていました。

好きで聴くんじゃなくて、ラジオだから聴いていたんです。

それで、いろいろなのが好きになりましたね。

いまとなっては、感謝しています」

☆ぼくの世代では、この言葉の重さがよくわかる。
いまのように多様化した芸能のなかから、自分の好きな芸や芸人たちと出会うのはむずかしい。

さらにいえば、テレビに無視されて、その伝承が途絶えてしまった芸能もあるのだ。

これからは、メディアと芸能の共存も考える必要がある。

同じことが〈言葉〉にもいえる。
メディアは日本語をきちんと伝えているのだろうか。

Ⅳ　わかりやすく

――「気持ちを伝えあうことが大切」

MARI

脳梗塞でリハビリをしている野坂昭如さん。

手紙に、つまるところ「医療は言葉だ」とありました。

野坂さんが手紙を書くのもリハビリだそうですが、病院や医療施設に長くいると、そこで使われている言葉が気になりはじめてくるようです。

薬も治療も大切ですが、そこに使われている言葉の内容も、もっと重要視されなければいけません。

音楽療法のように、言語療法として確立させる必要があります。

語られる言葉だけでなく、受けとめる言葉、そして態度も。

＊　＊　＊

ぼくはこのあいだ、白内障の手術をしました。

その手術前、病院で説明を受けました。

つまり、インフォームド・コンセントのための説明。

じつは、ぼくはこれが苦手なんですね。医者がなんか言ったって、知らない言葉がいっぱい出てくるに決まっている。わかりやすい言葉で言ってくれるはずがない。そんな不信感があるわけですよ。

このお医者さんはまず、地球儀みたいな目の玉の模型を持ってきて、これが瞳で、ここに水晶体が入っていて、網膜で映像はこういうふうに結ばれると、目の構造を説明しました。

そして、こう言う。

「永さん、この手術ではここにメスを入れて、水晶体をとりかえます」

そこまでの説明はわかったけど、ぼくは気持ち悪くなっちゃった(笑)。

「目のなかにメスを入れる?」

「ええ、入れますよ」

「じゃ、もう話しないでいい。言葉で説明されると、それだけで気持ちが悪くなっちゃうから、もういい」

「いいんですか？　インフォームド・コンセントのための説明ですが」

「どうせ聞いてわかる話じゃないんだから。もういい、おまかせ」

「じゃ、そうしましょう」

それで、手術室に運ばれて、頭が固定され、麻酔を打つというときになりました。

そうしたら、いきなり、尖ったものが目に、どんどんどんどん、近づいてくる。

「ちょっと待て、ちょっと待て！　何なんだよ、目に刺さるよ」

「いや、これから刺すんですよ」(笑)

「目に刺すとか、切るとか、やめてくれよ」

「だから、さっきそれを説明しようと思ったら、説明しなくていいと言ったじゃないですか。いまからしますか？」

ここまできたら、もう、聞いたってしょうがない。

でも、痛いのはいやだから、そっと「麻酔の注射は痛い？」

そうすると、きっぱりと「痛いです」(笑)。

「あとが痛くなくなるためにするんですから、麻酔は痛いですよ」と言っているうちに、針が目のなかに入ってくる(笑)。

白内障の手術は二種類あるんですね。レーザーで、白く曇っているところを飛ばしちゃう手術と、ぼくのように眼球にメスを入れて、水晶体のかわりにコンタクトレンズを内側に入れる状態にする手術と。

おかげでいまは、とてもよく見えて、医者にも感謝しています(笑)。

どういう手術をします、こういうふうにして、その結果こうなります、というふうに、医者が患者に伝えることが、インフォームド・コンセント、説明と納得なんですが、どう伝えるのか、それがいま大問題なんですね。

白内障なら、まだ簡単です。

いまいちばん大切なのが、がんの告知。

最近、がんの告知がふつうになっています。

あっさり、「あなたはがんです」と言う医者が増えている。

ぼくはこれには反対です。

ぼくは『大往生』で、告知できる技術をもった医者が、告知に耐えられる患者に対したときだけに限られるべきだ、と書きました。

だから、むしろがんは原則として告知しないほうが……というのがぼくの考え方です。

だいたい、あの「告知」という言葉、どこか冷たい感じがしませんか？

いま、医者の多くはきちんと伝える言葉を持っていません。

患者がきちんと受けとめられるだけの表現力や会話力を持っていない。

言葉を持ってなくて、きちんと伝えられないのに……

最近の医者はどんどん「告知」しちゃうんですね。

がんであることを伝えられるのは、どう言われようとも、それはショックです。

残念ながら、命に関わることについて会話ができるような、見事な医者はめったにいない……と言っていいほど、いない(笑)。

だけど、どうすれば優しく、どうすれば少しでも軟らかく説明できるか。

医療の現場では、それこそが考えられなければならないはずです。

きちんとした医学的な裏付けを示したうえで、患者のショックもちゃんとわかったうえで、「あなたはがんです」と伝える技術、表現力を、どうつくるのか。

医者と患者の会話のなかで、「がんです」とは言わずに言葉が行き来していて、その言葉の重なりのなかで患者当人が「がんかな?」と思い、しだいに「そうなのか」と探りあてて、自分なりの納得を必死に見つけだすとか、そういうこともできなければいけないはずですね。

実際、こうしたから伝わった、ほんとに伝わった、ということもあったはずです。

それはかならずしも、言葉だけじゃない。

さまざまな伝え方のなかで、「ああ、がんなんだ」と思わせることができなきゃいけない。

言葉に加えて、そこに流れる風、そこにある背景、その人の歴史、生きてきたキャリア、そういうことが全部重なり合って、「ああ、この人が言っているんだから諦めよう」「この人が言っているんだから、本当なんだ」というふうにならなきゃいけないと思うんです。

それなのに、そういうことをいっさいしないで、いきなり、「がんです」と言っちゃう医者がとても多い。

ぼくは、「土曜ワイド／永六輔その新世界」という番組を続けていますが、そこに鎌田實《みのる》さんや内藤いづみさんらがいらっしゃって、告知の問題もふくめ、病院やお医者さんの話をしています。

鎌田實さんは、諏訪中央病院のお医者さん。

ご存じのとおり、いま、長野県の男性の平均寿命が沖縄を追い抜いて一位になったんですが、なぜトップになったか。ぼくは、諏訪中央病院や佐久総合病院が中心になって、三〇年前からこれからの医療は在宅だというふうに切り換えていったことが要因だと思っています。

内藤いづみさんは、山梨県の甲府にお住まいの在宅ホスピスのお医者さん。

この方はイギリスで勉強して、福祉と介護は重なっていることを大事にしていらっしゃる。

ところが、イギリスでの本来のあり方を甲府に持ち込もうとすると、医師会と考え方が違う。

それで、内藤さんは医師会をやめて、自分の考え方を大切にする。

鎌田さん、内藤さんたちといろいろお話ししたんですが、そのとき話題になったことのひとつが、臨終のときのこと。

最期を看取るとき、医者はいないほうがいい。看護婦さんもいないほうがいい。

そんな話になりました。

家族だけだからいいので、家族以外の人が一人でもいたら、そこは家じゃないんですね。

いままでは、お医者さんがいて、脈とか呼吸とか瞳孔とか診ながら、「ご臨終です」と言ってました。

でも、いまは違うシステムが可能なんです。

痛みをとる医療、ペインクリニックが進んでますから、苦しいとか痛いとかはありません。

臨終が間もなくだ、となったら、医療スタッフは全部いなくなって、家族だけにしてあげることができる。

これがどれほど優しく、そして、温かいか。

学校ではそういうことは教えないんですね。学校で教えるのは、医療の技術だけ。患者が医者に伝える、医者が患者に伝える——そこにはいろいろな伝え方があるということ、それを教えなければいけません。

＊　＊　＊

映画評論家の淀川長治《ながはる》さん。

お亡くなりになったのが一九九八年ですから、少し古い話になりますが……

晩年、背筋がちょっとおかしくなって、ギプスをはめて入院したことがあります。

お見舞いに行ったら、病室のドアに張り紙があり、淀川さんの字で、こう書いてある。


「このドアを開ける人は、笑って開けてください」


淀川さんらしいじゃないですか。

「そうか、笑って開ければいいんだな」。にっこり笑って、「こんにちは」と言いながら、部屋に入りました。

そうしたら、淀川さんは「あんたはいいの」。

「えっ、笑えって、ここに書いてあるじゃない」と言いましたら、淀川さんは、これは看護婦さんに向けて書いたんだ、と言うんです。

看護婦さんって、忙しいでしょう。

だから、いつも笑顔というわけにはいかない。

でも、看護婦が部屋に入ってくるとき、笑顔だと、どれほど患者がホッとするか。

それで、淀川さんは、こう書いて、部屋のドアに貼った。そうしたら、やっと最近、笑って入ってくれるようになった、というわけです。

で、淀川さんと少し話をして、帰りぎわにナースセンターに寄りましたらね、婦長さんが、ぼくに言うんです。


「永さん、あそこに貼ってある紙、見ました?」

「見ましたよ。看護婦さんが笑うようになったって、言っていましたよ」

「そうなんです。看護婦が笑うようになって、淀川先生以外の病室に行っても笑うようになりました」

看護婦さんが笑顔になる、看護婦さんが楽しげに仕事をしているように見えるということで、病院全体がなんだか明るくなったんですね。

その原因が淀川さんの言葉。

たった一枚の便箋が、病院の看護婦さん全部を笑顔にしちゃった。

いかにも淀川さんらしい、いいエピソードでしょう。

でもこれは、逆にいうと、看護婦さんは笑うレクチュアなんか受けていないということ。

スチュワーデスはやっていますよ。

スチュワーデスは、客と目が合ったらニコッと笑わなきゃいけない。

どんなに飛行機が揺れていても(笑)。

これはじつは、とてもストレスがたまることでね。

目が合ったら笑う、というのも、けっこうハードなことなんです。

これを看護婦さんにやれというのはきついんだけど、でも、一枚の便箋がそうやって病院全部を変えちゃったんです。

婦長さんは、「淀川先生にどうお礼を言っていいか、わからない」と感謝してましたね。

婦長さんもつねづね、若い看護婦さんたちにニコニコするように指導していたそうです。でも、口で言っても、なかなかできなかった。

それが、淀川さんの便箋一枚でこんなに効果があった、淀川先生のおかげだというわけです。

ぼくも「よかったですね」と言って、帰ってきました。

さて、ここでは「看護婦」と連発しましたが、二〇〇二年からは法律の名称統一で、「看護師」と言うのが正しいということになっています。

婦長さんは師長さん。

これも妙なことです。男性が増えたことも理由でしょうが、女性は看護婦、男性は看護師でいいじゃありませんか。

現場の看護婦さんは、ぼくが聞いた人はみんな、看護婦がいいと言い、婦長さんも「師長といわれてもねェ」というのが感想でした。

誰が決めるんでしょうね。

＊　＊　＊

ところで、みなさん、かかりつけのお医者さんをお持ちですか？

「頭が痛い、ちょっと、先生きてくれる？」

「おいきた、すぐ行くぞ」

そんなふうに話ができて、すぐ来てくれる、そういうかかりつけの医者をお持ちですか？

たぶん、あまりいらっしゃらない。

でも、介護保険の時代、本当はいなきゃいけないんですよ。

介護保険の先進国、ドイツ、イギリス、オランダなどでは、かかりつけの医者がいなければいけないことが法律で決められています。この差があって、日本の介護保険はうまくいかないんですよ。

みなさん、ぜひ、かかりつけの医者をつくってください。

近所に医者がいたらば、「すみません、かかりつけの医者になってくれます？」

そのとき、「なりません」と言う人はいませんよ。

「何丁目の何番地のどこどこです、よろしく。いまは元気なんです。いまは何も心配ないんですけど、何かあったらお願いします」と言っておけば、道で会ったりスーパーで会ったりしたときに、「あら、先生、こんにちは」と言えるじゃないですか。

大事なのは、ここなんです。

「こんにちは、お元気ですね。またなんかあったらお願いしますね」という日常会話を医者と交わせるか交わせないか、ということなんです。

かかりつけの医者と主治医は違いますよ。

かかりつけの医者が「この病気はこの先生のところへ行ったほうがいいです」と言ったら、そっちが主治医です。

歯が痛いのでも、目がどうしたのでも、「先生」って行くと、「ああ、あの病院のあの先生のところへ行きなさい」って紹介状を書いてくれる、それがかかりつけの医者です。

なかには、かかりつけの医者がそのまま主治医になる場合も、病気によってはあります。

でも、多くの場合はそうはならないですから、二人の医者にかかることになるでしょう。それがセカンドオピニオンなんです。自分の体の状況を医者に伝えると、医者が「あなたの病気はこうだからこういうふうに治していこう、さあ、がんばろう、いっしょにやろう」といって、またそっちの医者の意思を伝えてくれる。

これはとっても大事な場面なんですね。

そこに、言葉がどれだけ有効に働いてくるか。

その言葉の働き方は、その医者にどれだけ教養があるか、智恵があるかで違ってくる。芝居も観ている、音楽やコンサートの話もできる、落語も多少できる、そういう医者を探せれば最高です。

最近、医師会・看護師会それに医療関係者が集まって、かかりつけの医者をもちましょうという運動をはじめました。

その人たちが、「医者にかかる一〇カ条」というのをつくったらしい。

これは行政も後押ししているんですが、はっきり言って、つまらないです(笑)。

そのメモを手に入れたので、一〇項目とはどんなものか、ちょっとご紹介します。

1　伝えたいことはメモして準備
2　対話の始まりは挨拶から
3　よりよい関係づくりはあなたにも責任が
4　自覚症状と病歴はあなたの伝える大切な情報
5　これからの見通しを聞きましょう
6　その後の変化も伝える努力を
7　大事なことはメモをとって確認
8　納得できないときは何度でも質問を
9　医療にも不確実なことや限界がある
10　治療方法を決めるのはあなたです

たとえば、「2　対話の始まりは挨拶から」。

これ、笑えるでしょう?

幼稚園じゃないんだからさ、そりゃ挨拶からはじまりますよ(笑)。

「こんにちは」とか、「きょうは暖かいですね」とか言うのはふつうじゃないですか。

一〇項目とも、あまりに一般的すぎますよ。


ぼくは、これだけじゃ、じっさいの役に立たないと思って、鎌田實先生に聞きました。

「本当は、どうすればいいと思う?」

そうしたら、「じゃ、ぼくが医者を選ぶ一〇項目つくるから」。

鎌田さんが、選ぶべき医者としてつくった一〇項目をご紹介します。

1　話をよく聞いてくれる医者
2　わかりやすく説明する医者
3　薬に頼らず生活上の注意をしてくれる医者
4　必要があれば専門医を紹介する医者

5　家族の気持ちを考えてくれる医者
6　地域の医療福祉を熟知している医者
7　医療の限界を知っている医者
8　患者の悲しみやつらさも理解してくれる医者
9　セカンドオピニオンを紹介してくれる医者
10　本当のことを言ってくれる医者

《1　話をよく聞いてくれる医者》

これはむずかしいんですよ。

話をよく聞いてくれる医者とは、よく考えると、ヒマな医者のことなんですよね(笑)。「ダレダレさん、ダレダレさん、はい、つぎ」なんて言っている先生じゃダメなんですよ。だから、ご町内のなかのヒマな先生を探す、いつまでも話を聞いてくれるから(笑)。

話をよく聞いてくれる医者、これがとても大事なんです。

《3　薬に頼らず生活上の注意をしてくれる医者》

これ、大事です。

日本の病院経営は、薬を売りつけることで成立していますから。

薬よりも生活上の注意がいかに大事か、ということを医者が言ったら、それだけで名医。

算術じゃなくて、仁術の先生です。

《4　必要があれば専門医を紹介する医者》

これは、かかりつけの医者と主治医の話。

かかりつけの医者が主治医になれたら、それは一人ですみますが……

《5　家族の気持ちを考えてくれる医者》

患者当人だけじゃなくて、この患者をかかえた家族はどう思っているか、どういう家族か。

《6　地域の医療福祉を熟知している医者》

こういう先生があそこにいる、あそこにはこういうリハビリテーションセンターがある、すぐれた在宅医療のスタッフがいる。

あるいは、あそこは二四時間在宅サービスをやっている。

それがわかってないと……

《7　医療の限界を知っている医者》
医療技術者たちが考える限界と、患者に接する臨床の医者が考える限界には、どうも差があって不安です。

《8　患者の悲しみやつらさも理解してくれる医者》
患者は、痛いとか苦しいとかいうだけじゃないんですね。淋しい、虚しいということだってある。痛みを止める薬はあっても、淋しさを止める薬はない(笑)。でも、その淋しいということにも対応してくれる医者のことね。

《10　本当のことを言ってくれる医者》
ここがむずかしい。この本当のことを、どう言うかです。どう伝えるか。がんならがんで、末期でもう治らないがんですというのと、このがんは治るぞというのでは、ぜんぜん違うじゃないですか。
それをきちんと使い分けていくことのできる、豊かな言葉をもった医者とめぐり会わないと、つらいですよ。

以上が、鎌田さんが言う、選ぶべき医者の一〇項目。

その鎌田さんに、「こういう医者がいますか?」と聞いたら、返事が「いません」(笑)。

鎌田さんのような医者に、「いません」と言われると困るのですが、顔は「います」という表情でした。ここが、言葉を伝えることのむずかしいところです。

その鎌田さんが、「永さん、患者の一〇項目もつくりなさい」。

ということで、今度は「いい患者になる一〇項目」を……

1 医療ミスや誤診ごときで驚かない
2 遠くの医者より近くの獣医
3 奇蹟が起きたら奇蹟だ
4 学者風より職人風の医者を選ぼう
5 医者の前では気取らない
6 生老病死のうち〈生きる〉、これがいちばんつらいことだと思おう

7　命の終わりを考えない、先の先まで予定をつくる
8　同じ病気に罹っている医者を探す
9　看護婦(看護師)を味方にして、医者の弱みをにぎる
10　〈ご臨終です〉と医者が言ったら、死んだふりをしよう

《1　医療ミスや誤診ごときで驚かない》
あんなもんで驚いてちゃ、ダメです(笑)。
医療ミスがあったら、あるだろうなって。
こっちが驚かない態勢をつくっておいたほうがいい。
だって毎週のように、テレビで記者会見して謝っている(笑)。
だったら、毎週謝る番組をつくって、スポンサーになったほうがいい(笑)。
あれでびっくりしていると、体によくないですからね(笑)。
《2　遠くの医者より近くの獣医》
これは地域によります。

たとえば、北海道。医者は隣の町だけど、自分の村には獣医がいたりする。
その場合、風邪とか腰痛レベルなら、獣医のほうで治しちゃっていいの(笑)。
ちょっと説明しておきますね。
人間は、「腰が痛いんです」とか「吐き気がするんです」とか、いろいろ言えます。
ところが、動物は症状を言えない。
牛なら牛が、「吐き気がする」とか「左の足がつる」とか言うわけじゃない(笑)。
だから獣医さんは、全体を診て、どこが悪いか、探し出すわけでしょう。
いま、データだけ見て、病気は診ても、人を診てくれないという医者が多い。
獣医はそこはちゃんとやってくれますから(笑)。
ただし、獣医が人間を治すと医師法違反で逮捕されますから、黙っていること(笑)。
……これも誤解を生む言葉になりますね。
冗談は「伝言」に向かないんですけど……
その冗談と思ったことが真実の場合は別です(笑)。
《3　奇蹟が起きたら奇蹟だ》

新聞広告なんかで、よく、末期がんから次々に生還とか、臨終から見事に生き返ったとか、ありますね。

あれは、その本や薬が売れているからですよ。

もうワラをもつかむ気持ちで、みんな高いお金を出して買うから、どんどん広告が出せる。

「奇蹟」って書いてありますが、「奇蹟」というのはふつう起きません(笑)。

このへんは、楽天的な人とそうでない人で分かれますけどね。

起きないとわかっていて、それで稼いでいる奴、稼がせている奴は、ぼくは許せない。

じゃ、奇蹟はないかというと、あります。

ぼくの友人で、クモ膜下出血で倒れて、五年間のリハビリテーション。

でも、まったく効果があがらなくて、半身不随で言語障害。

ところが、近所に火事があったとき……

いちばん最初に一一九番に電話して知らせたのは、彼なんです。

「火事です！　住所を言います！」

そのとき、半身不随・言語障害の彼が、電話をかけて、場所をキチンと知らせた。

火事の発見が、五年のリハビリで治らなかった病気を治した。
奇蹟は起こるんです。
リハビリじゃなくて、火事で治ったんです(笑)。
……火事で治るっていうのは冗談ですよォ(笑)。

《4　学者風より職人風の医者を選ぼう》

職人は、自分の仕事を失敗したら、お金をとりません(笑)。
病院で、「お金はけっこうです」と言われた人、手を挙げて(笑)。

《5　医者の前では気取らない》

医者の前で気取っている人がけっこういます。そうすると、病状も何も伝わらない。
気取っちゃダメ。医者の前に行ったら、もう裸になっちゃうの。
痛いものは痛い、苦しいものは苦しいって言わなきゃ。
医者がときどき言うでしょう、「痛くない、大丈夫、痛くない」って。
「おれが決めるんだ、コノヤロー！　医者のおまえが決めるな」(笑)
そう言いたいときがありません？

逆に、厚化粧の女性が診察室で言われたんです。
「まず、つけまつげから外してください」(笑)
《6　生老病死のうち〈生きる〉、これがいちばんつらいことだと思おう》
死ぬのも楽、病気も楽、老いることも楽、いちばん大変なのは生きていくこと。
そういうふうに考えちゃおう。
だって、楽になりたいと思うでしょう(笑)。
《7　命の終わりを考えない、先の先まで予定をつくる》
うちも女房が「あと三カ月です」と言われましたけど……
半年、一年、二年、三年先まで、楽しい予定をみんなでつくりました。
そうしないとダメ。
ああ、いつ死ぬか、いつ死ぬかと思わない。
いい患者は先の予定までつくって、病気と向かい合う。
《8　同じ病気に罹っている医者を探す》
肝臓の悪い人は肝臓の悪い医者を探す、ということです。

同じ理由で、煙草好きは煙草の好きな医者を、酒飲みは酒飲みの医者を探す。「同病相憐れむ」です(笑)。

《9　看護婦(看護師)を味方にして、医者の弱みをにぎる》

こうなったら、もうヤクザです(笑)。

《10　〈ご臨終です〉と医者が言ったら、死んだふりをしよう》

これはいい患者でしょう(爆笑)。

せっかく向こうが言っているんだから、協力する(笑)。

くどいようですが、以上の一〇項目は、冗談です(笑)。

まともに信じてはいけません(笑)。

こんなことをしたら嫌われますから、医者の言うとおりに生きましょう(笑)。

でも、冗談ではないところがあるのも、おわかりでしょう。

ともかく、医者と患者はもっと仲よく、患者はもっと、気持ちを医者に伝えていく。

お互いに、言葉をもっともっと生かしていかなければいけない、と思いますね。

お気づきと思いますが、活字と放送では、言葉の使い方、「伝言」の方法が違います。

この本を読もうという意思がある読者と、不特定多数、いきなり聞こえてくるラジオでは、受けとめ方が違います。

＊　　＊　　＊

とくにむずかしいのは、ジョークであり、ユーモアです。

話し言葉ではジョークですむものが、活字となると、笑ってすませられないものになることがあるからです。

「顔で笑って、心で泣いて」

これは活字となると、多彩な表現が必要になりますが、話し言葉では簡単にできます。

話し言葉から、その内容を汲みとるのと、活字から、その内容を汲みとるのでは、大きな差があり、危険でもあることを痛感しながら……

ふたたび、語録です。

病院の外来待合室で、盗み聞きしたものを中心に……

*　　*　　*

「医者になりたい奴がいたら……

哲学を学び、言葉の使い方を学んでから、医学にとりかかってほしいね。

いきなり医学だから、病気は治せても、病人が治せないんだよ」

○

「告知できる能力のある医者が、

告知を受けとめることのできる患者に話をする。

それが〈告知〉です。

そうでないのは〈宣告〉です」

○

「医療の大きなジャンルに、〈言葉で治す〉ということがあります。

その〈言葉で治す〉という勉強を、学校で教えていないんですね」

〇

「獣医の場合、動物は何も言いません。
動物は、医療費についても、何も言いません。
何が言いたいかというと……
……ま、そういうことです」

☆獣医といっても、畜産の獣医とペットの獣医がいます。
ペットブームということは、ペットの獣医ブームでもあります。
ぼくは〈ペットブーム〉を批判できるペット獣医が増えるように祈っています。

〇

「病院で、患者さまの○○さまって、生まれてはじめて、サマで呼ばれてね……

あんたも、サマって呼んでよ」

○

「病院で患者様と言うのは、やめてもらいたい。
〈様〉という扱いは受けていないんだから」

○

☆〈様〉が多くなった病院も、近頃は〈さん〉に戻りつつある。
〈さん〉より〈様〉のほうが、お金をいただきやすいという声もあったけれど……

○

「医者の教育は、まァまァうまくやってるんじゃないですかねェ。
医者になる前の人間教育となると、うまくいってませんねェ」

○

「診察のとき、年寄りの患者には、戦争中の話を聞くことにしています。けっこう、話がはずむようになります」

○

「行政の文書で、〈障害者〉という文字が、〈障がい者〉に変わりつつあります。〈害〉を〈がい〉にする気持ちもわかるけど、問題は、〈障害〉という言葉そのものだろうね」

☆手話の世界で、障害を表現するときには、両手でポキンと折るしぐさをする。手話の表現もチェックする必要がある。

○

「軟骨無形成症というと、わかりにくいんですよね。そうかといって、わかりやすく小人症というのも、気がすすみませんしね。

……困っています」

○

「週刊誌や新聞の広告に〈がんが治った！〉って、よくあるけどさ、いいのかねェ、治らない場合の責任の所在は……載せるメディアは、表現の自由とでもいうのかね」

○

「嘘をつくんだったら、一〇年はもつ言葉を考えろよ。その場でばれるような言葉を使うんじゃないよ」

V

生き生きと

――「つらいからこそ明るく」

MARI

「古事記」の稗田阿礼《ひえだのあれ》にはじまって、「平家物語」の琵琶《びわ》法師、あるいは講釈師。言葉を伝える語り部。

現代の語り部は、広島、長崎、沖縄、そして各地の公害、最近では拉致事件と続いている。そのなかのひとり、岩波新書『証言　水俣病』にも登場する水俣病の語り部、杉本栄子さんと対談することになった。

二〇〇四年一月一四日、川崎能楽堂。

「川崎・水俣展」のイベントだった。

ぼくは自分の辛い戦争体験として、学童疎開を語り伝えることはしてきた。学童疎開の語り部ではあるのだが、原爆症や水俣病をはじめとする戦争被害や公害と比較になるものではない。

どうしても気が重くなる。

会場に着くなり、そのまま司会者に紹介されて、能楽堂の橋がかりから登場。

＊　＊　＊

「永六輔です。

重い気分で、ここ、川崎能楽堂に着きました。

水俣病認定患者の杉本栄子さんと対談するというのが、重い気分の理由です。

ぼくは、水俣病の語り部として杉本さんは存じあげています。

また、水俣病の会で話をすることも初めてではありません。

写真家のユージン・スミスさんを訪ねて、水俣の町も歩きました。

患者の方々の悲しみ、恨み、怒りもぼくなりに知っています。

それを語る言葉の辛さに、いたたまれなくなるのが常でした。

そう思いつつ、重い気分でここに着いたとき……

杉本栄子さんが欠席と知らされました。

杉本さんは手術のために入院なさったという。

重くて辛い気分で、ここに立っています。

さて、ここは能楽堂です。

能では、主人公があの世からこの世に登場して、恨みつらみを語ります。

水俣病をテーマにした石牟礼《いしむれ》道子さんの『不知火《しらぬい》』も、能として上演されています。

能は暗い展開をするのが多いので、水俣病の話の内容はぴったりと合います。

でも、ぼくはここが能舞台だから、あえて言わせていただきます。

水俣病のことを新作の狂言にできないものか。

笑わせる言葉で重い不幸を語り、この事実を明るく訴えることができないものだろうか。

当然、水俣を笑うとは何ごとだという声は聞こえます。

チッソが、患者が、水俣が、傷つけあいながら、向かい合った悲劇なのです。

狂言などにできるはずがないとも思います。

でも、語り伝えるというとき、〈笑い〉が大きな要素であることもたしかです。

事実、熊本大学の原田正純先生の水俣病についての講演は笑い声が多い。

ただ、原田先生には岩波新書に『水俣病』があり、最初から水俣病に関わってきた。

だから、許されることです。

ぼくのように、一歩も二歩も退いたかたちで関わっている者とは違います。

しかし、当事者、体験した語り部は数が減る一方です。

これは誰かが受け継がなければいけません。

悲惨さだけでいいか。

語り伝えるために〈笑い〉がなくていいか。

能は、間狂言《あいきょうげん》があって、能なのです。

今日、入院なさった杉本栄子さんのかわりに、栄子さんのご長男、肇さんがいらしてます。

肇さんは、祖父・祖母そして両親が認定患者という環境で育ってきました。

その語り部を継ぐことができるのか。

……ご紹介します。

杉本肇さんです」

＊　＊　＊

ここからは、肇さんが二時間にわたって水俣を語り、ぼくは泣かされ、笑わされた。

肇さんは、ときに、水俣を突き放していた。

母親をも冷静に見つめているのが爽やかだった。

ぼくの質問に対して、「水俣に暮らす以上、それは話せません」という答えも多かった。

「水俣病を語り伝える会で、〈それは話せません〉というのはないでしょう」

「話せません」

「話してください」

「話せないのが水俣病なんです」

「お母さんだったら、どうしますか」

「話すでしょうね」

「話せないのが水俣病なんです」。この一言が重かった。

活字にすると、詰問しているような雰囲気だが、現場では漫才のように軽快なものだった。

笑い声が溢れた。

そこには肇さんとしての思いがあり、語り継ぐ姿勢に違いのあることもハッキリした。

両親が家にいないうえに、幼い五人兄弟だけで暮らすことの辛さは涙を誘った。


「小さな子どもたちの夢は、母に抱いてもらうことでした。母は抱くことができません」

「あなたね、抱くことができないのが辛いのは母親のほうだよ」

「三歳ですよ」

「三歳かどうかじゃないよ。お母さんのほうが辛いんだよ」

「子どものほうが」

「お母さん！」

「子ども！」

「どうして、ここで喧嘩しなきゃいけないんだ！」


客席は泣き笑いだった。

その笑い声が、重い気分を軽くしていった。

水俣を楽しく語り伝えることができたと感じた。

水俣病に関わり、その記録をつくっているスタッフも、「いやァ、こんなに笑えるんですね」と言いながら、泣いてくれた。

語り伝えるということが途切れつつある理由のひとつに、その悲惨さがある。

もちろん悲惨なのだが、そこにも「笑い」があるのだ。

戦争、災害、公害、拉致。

「悲惨さ」と向き合うとき、その語り伝えが悲惨である必要はない。

語り伝え方を、もういちど考える必要があると思った夜だった。

たとえば、被爆者だった故江戸家猫八さんの広島レポートは、見事な漫談だった。

それでいて怖さが伝わった。

技術と智恵があれば、寄席でも「広島」は語れたのである。

語り伝えの技術と智恵ということで、次のエピソードを。

＊　＊　＊

由緒のあるお寺は、日本じゅうにいっぱいありますが、そのなかのひとつに、越前永平寺というお寺があります。

永平寺の貫首《かんじゅ》は宮崎奕保《えきほ》さんという方ですが、あるとき電話がかかってきた。

「君に会って話がしたい」と言う。

ぼくはとても素直に、こう言ったの。

「あなたが会いたいんだったら、会いたいほうが来るのがふつうなんじゃないですか」

そうしたら向こうで大笑いしていてね。

「おれは一〇三歳だ。

口は動くけど、足腰がうまく動かない」

一〇三歳って聞いてびっくりして、感動して……

「行きます、すぐ行きます」(笑)
それで、永平寺に行ったんですよ。
本当に頭のはっきりしている、すてきなお坊さんでした。
なんで、宮崎さんが、ぼくに会いたいと言ったかというと、たまたま、ぼくがNHKの「視点・論点」で「南無阿弥陀仏」の話をしたのを、宮崎さんがご覧になって、こう思われたというんですね。

「君の言葉づかいを聞いていると、さすがに寺生まれ、寺育ちだと思う。むずかしい仏教用語は使わなくても、わかりやすく楽しく仏の道を説いている。それはなかなかいいことだ」

NHKで、ぼくが「南無阿弥陀仏」をどんなふうに説明したかというと……
「ナームというのはサンスクリット語で、〈南無〉は当て字です。

〈あなたについていきます、あなたを信じます、あなたが好きです〉という意味。

アイラブユーもナームでいいんです。

つまり、阿弥陀仏が好きです、阿弥陀仏を信じます、ということ。

仏さまは阿弥陀仏だけじゃないですね。観音さまも如来さまもたくさんいらっしゃる。

日本の神さまと同じで、いっぱいいいて、そのなかのお一人が阿弥陀さん。

この阿弥陀さんの教えのなかで、阿弥陀さんご自身がいちばん大事にしているのが、

〈誰かを救うことによって、自分も救われる〉という考え方なんです。

そうすると、〈南無阿弥陀仏〉と言うのは、誰かを救うことによって自分も救われるという考え方を信じます、ということでしょ。

みなさんがたとえばお寺さんの前だったり、ご法事があったときに言っている、ナマンダブ、ナマンダブというのは、そういうことですよ。

むかしと違って、ただ、ナマンダブと唱えていれば救われるという時代ではありません。

誰かを助けてあげよう。そうすることによって、自分がいずれ救われる。

その考え方を述べているのが南無阿弥陀仏です。

だから、南無阿弥陀仏と言っている方をいまふうにいえば、誰かを救うというボランティアをしているということです。ボランティアをしていれば、いずれ誰かに自分も救われるという考え方。それが南無阿弥陀仏です」

宮崎さんはこの放送を見ていてくれたわけです。そして、こうおっしゃる。

「そういうふうに、わかりやすい言葉で話をするのはとてもいい。仏法では、〈法にのっとり、比喩を用い、因縁を語るべし〉という言葉がある。これを君は大事にしてくれている」

「法にのっとり、比喩を用い、因縁を語るべし」とは、筋道に合わせて、わかりやすく、たとえ話をたくさん使って、「こういう原因があるから、こういう結果になったんだよ」というふうに、お話をすることですね。
最近のたとえ話で、うまい！　と思ったのは……

「アナログとデジタルの違いは、将棋と囲碁の違いです」

将棋は王将を中心に、それぞれ役割のある駒を動かして勝負する。
囲碁は白と黒、その二つだけ。
アナログは将棋、デジタルは囲碁。
これは上手なたとえ話です。
もうひとつ、「地上波デジタル」。
二〇〇三年の一二月から、三大都市圏の一部で地上波のデジタル化がはじまった。
この、テレビが大きく変わりはじめたときに……

「お宅のポストに届けられる手紙が、

これまで自転車で配達されていたのに、
今度はトラックでドサッと来て、
ドアが開かなくなるくらいになっていると思ってください」

ここから説明をするのを聞いて、目からウロコが落ちる思いでした。

言葉というのは、むずかしく言おうと思えば、いくらでもむずかしく言えるんです。

むずかしい言葉を使わずに、どれくらい、わかりやすく言えるか。

むずかしい言葉を使うより、簡単にわかりやすく言うほうが、数倍大変です。

医療でもなんでも、そうです。

かみくだいてわかりやすくして、どうやって相手に伝えるか。

このことにもっと努力しなければいけない。

いまは、インターネットやEメールも普及して、情報量は膨大になりました。でも、逆に、情報量ばかり増えて、何がどうなっているんだか、かえってわかりにくい状況も生まれています。

こういうときだからこそ、どうやったら「伝わるのか」、伝え方をもっともっと考えなければならないと思いますね。

ぼくが無名人の語録を集めているのは、まさに「わかりやすい言葉」だからです。

むずかしいことをむずかしく書く。

難解な文章を難解に書く。

それでは、学者・研究者の間でしか通用しない言葉になってしまいます。

一般の人が暮らしのなかでつぶやく言葉こそ、伝えていかなければ……

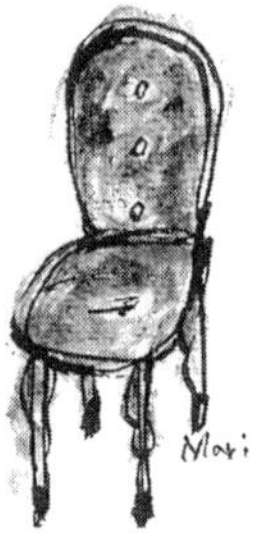

＊　＊　＊

「インターネットで情報を集めるのは便利ですよ。でも、あれは、現場の真ん中にヘリコプターで舞い降りるようなもの。そこに行くまでの状況がわかりません。だからわたしは、インターネットを使いません」

○

「IT革命で、網膜剥離が激増するっていうのは、心配しなくていいんですか？いま、人体実験の最中ですか？」

○

「インターネットの世界には、市民無血革命という言い方があります。高校生が、企業相手に立ち向かえるんですから」

○

「うらやましいよなァ、永さんの世代は。
戦争も知ってるし、テレビのない時代も、ケータイのない時代も知っている。
飢えも、飽食もありでしょ。
激動の時代を生きているんだもの」

○

☆ぼくがLPの処分をしてCDにかえているときに、娘たちはCDの処分をしてMDにかえていました。そして、孫たちは……

○

「むかしは、用があると、借りてでも電話したものです。
いまは、用がないと、電話しているようで……」

○

「このＩＴ時代ってのは、古代人と現代人が同居しているようなものだよね。全然、話が通じないんだもの」

○

「ファミコンてさ、ずっとファミリー・コンプレックスのことだと思ってたんだよ。笑っちゃった。情けなくって」

○

「携帯電話で写真が撮れるということは……カメラで電話がかけられるってことか?」

＊　＊　＊

「ケータイ」と片仮名になって、電話は撮影もメールも、ラジオにもテレビにもなるという時代。医学界でも、電磁波障害が問題になりつつある。町のあちこちにマッサージの看板があり、若者たちが肩だの手だのをもんでもらっているのは、メールでの親指の使いすぎだそうだ。

ぼくは、そうした流れを離れてみつめる余生を送りたいと思っている。

その余生を支えるのはラジオだろう。

ラジオで語りつづける秋山ちえ子さんにならって、そのあとから歩いていくのは、ぼくと遠藤泰子。

われわれのラジオも、二〇〇三年の秋に一万回を超え、三八年めに入った。

六輔　むかしは、呂律《ろれつ》がまわらなくなったら番組はそこまで、と心に決めていましたね。

泰子　いまは二人とも、呂律が怪しくなりました（笑）。

六輔　あなたは民放を代表するアナウンサーとして、まだまだ。

泰子　じゃ、お言葉に甘えて、永さんは怪しくなりました。

六輔　あなた、「桃屋の江戸紫」と言うとき、ときどきエロムダサキって言ってませんか（笑）。

泰子　永さんは耳も怪しくなりました（笑）。

六輔　さて、「誰かとどこかで」。宮本常一さんに言われたとおり、旅暮らしのなかで、各地の旅先で聞いたふつうの人たちの言葉を伝える、というテーマでやってきました。

泰子　わたしは笑ったり、あいづちを打ったりして、聞いているだけ。

六輔　そうですね。聞いているだけ（笑）。

泰子　一回の放送で一〇回、笑ったりあいづちを打ったりして、つまり一〇万回（笑）。

六輔　きょうはそのことに感謝したいんです。あなたはすぐれた聞く力を持っています。三七年間、あなたなしでは続かなかった。

泰子　やっと気がついた(笑)。

六輔　じつは最初から感謝してましたが、最近、とみにありがたいことだと思っています。許されるなら、抱きしめて感謝したい。

泰子　ホラ、また(笑)。

六輔　ちゃんと聞いてください。ラジオで語りかけている先輩には、秋山ちえ子さんや小沢昭一さんがいます。お二人とも、ひとりで、自分の言葉で語りかけていますが、ぼくは遠藤泰子さんに語りつづけています。あなたの聞く力が、それを支えているんですよ。言葉の世界は、いつでも語り手が中心になるけれども、聞き手がいないことには成立しません。あなたはその名人なんですよ。何度同じ話をしても、初めて聞いたように笑うし(笑)。

泰子　バカなんですよ。

六輔　その壁を乗り越えています(笑)。

泰子　「壁」が「大往生」を乗り越えたそうで(笑)。

六輔　今度、「バカの大往生」という、次郎長一家の石松の話を(笑)。さて、「話し上手は聞き上手」っていうでしょう。あなたは聞き上手であると同時に、話し上手です。ひとりで講演したり、朗読したり、歌ったり、十分にできるじゃないですか。笑わせたり、泣かせたり……

泰子　永さんに育てられたんです(笑)。

六輔　そうです(笑)。

泰子　……(絶句)

六輔　秋山さんや小沢さんは、マイクに向かって話をしている。ぼくにはそれができなかったから、マイクの向こうに泰子さんにいてもらって、マイク越しにあなたに語りかける。あなたの反応が番組を続けてきたんですよ。

泰子　お世辞でしょ。

六輔　そうです(笑)。

泰子　いてもいなくても、同じですよ。

六輔　同感です(笑)。

泰子　とても気が合ってます。

六輔　だから一万回を超えたんです。本当に、聞く力の証明です。傾聴力なんて妙な言葉が使われていますが、いま、この国に語り手はたくさんいても、聞く力を育ててこなかったという実感があります。聞く力が育たないと、話す力が育たないんですよ。

親は子どもの言葉を聞いてない。

先生は生徒の言葉を聞いてない。

医者は患者の言葉を聞いてない。

政治家は国民の言葉を聞いてない。

あなたはぼくの言葉を聞いてない（笑）。

泰子　アラ、するどいこと（笑）。

六輔　この番組は、ＲＢＣ（琉球放送）からＨＢＣ（北海道放送）まで、全国で聴いてくださっていて、各局が、人気番組として大切にしてくれています。でも、その言葉は、あなたを通して届いているんですよね。

泰子　わたしは受けとめているだけ。

六輔　捕手がいて、投手の仕事があるんです。
泰子　わたしは捕手ですか。
六輔　名捕手です、ヤクルトの古田です。
泰子　阿部と言ってください。わたしは巨人ファンです(笑)。
六輔　さて、今週の旅ですけど、諏訪で画家の原田泰治さんと逢いました。原田さんは、「この番組は上質な餅つきだ」と言ってくれました。臼をはさんで、餅をつく永に対して、餅を返す泰子さん。その呼吸のよさが心地よいと……
泰子　嬉しい表現ですね。
六輔　いろいろな比喩がありましたが、これは上手です。原田さんは、ぼくより泰子さんのファンだと言ってました。
泰子　わたしも、あの方の絵は好きです。
六輔　原田さんは、あなたの二度の離婚も知ってます。
泰子　……(嘆息)
六輔　ぼくが言いました(笑)。

泰子　これは岩波新書ですが、この部分は桃屋の提供でお送りしています。何はなくともエロムダサキ。

六輔　泰子さん、ラジオは秒針に合わせた話術です。話芸は小沢昭一さん、われわれは話術、あと一〇秒でピシッとおさめてこそ、遠藤泰子でしょう。

泰子　何はなくともエロムダサキ。桃屋の提供でお送りしました。

泰子さんと向かい合うと、番組だか雑談だか、わからなくなって、それでも話題がまとまる癖がついているのがわかる。

それがリスナーへの「伝言」なのだと思う。

伝言といえば、「伝言ゲーム」という遊びがあった。

これは、子どもたちが小声で伝えていく単純な遊びであるが、小声であることと、聞き直しができないことで、思いもよらない言葉になっていくのがおもしろい。

たとえば……

「岩波新書」とAがBの耳元でささやく。Bはこれを「岩波新潮」だと思う。

こうして少しずつ、伝言が変化していくのだが……

A　「岩波新書」
B　「岩波新潮」(出版社が並ぶ)
C　「岩波心中」(艶っぽくなった)
D　「胃は並み　志ん生」(酒豪の噺家だ)

E 「いいわ　内申書」(子どもの成績か)
F 「庭なし新居」(アパート暮らし)
G 「岩魚　鰊場」(ニシンジョとは言わないけどね)
H 「岩波新書」(戻った！)

こうして次々に変化していって、この例では、最後に「岩波新書」に戻った。しかし、途中の「いいわ　内申書」など、まったく内容が違う。「伝言」が正確に伝わらないことを証明するような遊びである。

「言葉」が溢れている。
「情報」が溢れている。
携帯電話がケータイになり、言葉だけでなく、画像も発信している。テレビは「地上波デジタル」と称して、多機能・多チャンネル・高画質・高音質・データ放送・文字放送・音声放送・相互発信放送などなど、使いこなせない人が激増している。

これがストレスにつながり、不健康や犯罪につながらないといえるのだろうか。

ぼくは運転もできず、パソコンにも背を向け、ケータイも持たないで、生きてきた。

これからも、このままだと思う。

若い編集者には「肉筆」ですかと呆れられ、「それじゃ結構です」と断られたこともある。

出版という仕事の内容も大きく変わった。

なだいなださんの老人党はインターネットのなかだけのバーチャル政党だと言われて、理解できないでいるうちに、その老人党のEメールがそのまま出版されたりする。

ぼくの関わる出版物に対して、「あなたの本は出版物とはいえません。早い話が、盗み聞きを集めたにすぎない」と言われる一方で、「放送人」の本のつくり方はこうでなきゃ、という仲間もいる。

言葉や音を、そのまま、活字にすることの無理は承知の上である。

というわけで、この『伝言』が岩波新書の九冊め。

岩波エンターテインメントとも呼ばれ、ありがたいことである。

語りかけてきた五〇年。

そのまま、テレビの歴史と重なる。

テレビのすべてが間違っているとは思わないが、多少の責任を感じ、言葉を伝える大切さをまとめたつもりである。

伝言、デンゴン。

幸田露伴のようにルビを振るとすれば、「かきおき」とも……

かきおき　または　あとがき

二〇〇三年。

書店の店頭には、「日本語」と「健康」に関する本が山積みされていた。

「日本語」「健康」、ともに重要なテーマであるが、その日本語が健康かどうか、ということが気になった。

日本語が、日本語として機能しなくなってはいないか？

つまり、言葉として伝わる力が弱くなっていないか？

放送の仕事をしていると、言葉の誤用、乱用が指摘される。とくにラジオの場合、言葉のみが伝えられるので、聴いてわからなければ、ただの雑音でしかない。

「言葉を伝える」

できれば、優しく、美しく、楽しく、伝えることをしたい。

この本はその思いからはじまった。

言葉には、書かれるものと語られるものがあり、語られる言葉には音声がともなう。

たとえば、狂言の言葉は六〇〇年前の日常会話といわれるが、狂言師の感覚では、もっとテンポの速いものではないかともいわれる。

伝承されているうちに、ゆっくりと時間をかけるようになった形跡があるという。

だとしても、室町時代の会話に近いことは確実だろう。

有形無形の文化遺産を残すのなら、言葉もまた、その対象になるべきではないか。

民俗学者の宮本常一さんは、日本人の暮らしを残そうと努力なさったが、言葉(方言)までその対象にするには、時間がなさすぎた。

ぼくが放送の仕事に入るとき、宮本さんにいわれた言葉はすでに書いた。

「電波の届く先に行って話を聞き、人びとの言葉を届ける仕事をしてください」

ぼくはその約束を守り、ラジオだけでなく、活字にもしてきた。

それが「無名人語録」であり、今回も、それぞれのテーマに応じて、多くの語録を楽しんでいただいた。

暮らしのなかで語られる市井人の言葉には、重みもあり、雅味もある。
ときに鋭く、ときにトンチンカン。
それをそのまま伝えることが、「言葉を届ける仕事」になる。
言葉を伝える――伝言。
ぼくが多くの政治家に頼んできた「伝言」もある。
しかし、その言葉の多くは聞き流されて、伝わっていない。
あらためて、三点にしぼって伝言する。

○
「計量法を改正して、伝統工芸の職人が尺貫法で仕事ができるようにしてほしい」

○
「学校教育で、算盤の復活をしてほしい。
暗唱力・暗算力が身についてこそ、コンピュータ技術の上達が早くなるのだ」

○
「ものづくりの伝統を、農業を基本に考えてほしい。

農業は田畑を耕すだけでなく、工芸・民芸の手作りの品々の母体でもある。
それこそがアグリカルチャーの意味なのだ」

この「伝言」が政治家の耳に届くことを祈って……

永　六輔

1933-2016年．東京浅草に生まれる．本名，永孝雄．早稲田大学文学部在学中より，ラジオ番組や始まったばかりのテレビ番組の構成にかかわる．放送作家，作詞家，司会者，語り手，歌手などとして，多方面に活躍．

著書—『大往生』
『二度目の大往生』
『職人』
『芸人』
『商《あきんど》人』
『夫と妻』
『親と子』
『嫁と姑』(以上，岩波新書)

伝　言　　岩波新書(新赤版)877

2004年2月20日　第1刷発行
2017年6月23日　第4刷発行

著　者　永《えい》　六《ろく》輔《すけ》

発行者　岡本　厚

発行所　株式会社　岩波書店
〒101-8002　東京都千代田区一ツ橋2-5-5
案内 03-5210-4000　営業部 03-5210-4111
http://www.iwanami.co.jp/

新書編集部 03-5210-4054
http://www.iwanamishinsho.com/

印刷・三陽社　カバー・半七印刷　製本・中永製本

ISBN 4-00-430877-1　　Printed in Japan

岩波新書新赤版一〇〇〇点に際して

ひとつの時代が終わったと言われて久しい。だが、その先にいかなる時代を展望するのか、私たちはその輪郭すら描きえていない。二〇世紀から持ち越した課題の多くは、未だ解決の緒を見つけることのできないままであり、二一世紀が新たに招きよせた問題も少なくない。グローバル資本主義の浸透、憎悪の連鎖、暴力の応酬——世界は混沌として深い不安の只中にある。

現代社会においては変化が常態となり、速さと新しさに絶対的な価値が与えられた。消費社会の深化と情報技術の革命は、種々の境界を無くし、人々の生活やコミュニケーションの様式を根底から変容させてきた。ライフスタイルは多様化し、一面では個人の生き方をそれぞれが選びとる時代が始まっている。同時に、新たな格差が生まれ、様々な次元での亀裂や分断が深まっている。社会や歴史に対する意識が揺らぎ、普遍的な理念に対する根本的な懐疑や、現実を変えることへの無力感がひそかに根を張りつつある。そして生きることに誰もが困難を覚える時代が到来している。

しかし、日常生活のそれぞれの場で、自由と民主主義を獲得し実践することを通じて、私たち自身がそうした閉塞を乗り超え、希望の時代の幕開けを告げてゆくことは不可能ではあるまい。そのために、いま求められていること——それは、個と個の間で開かれた対話を積み重ねながら、人間らしく生きることの条件について一人ひとりが粘り強く思考することではないか。その営みの糧となるものが、教養に外ならないと私たちは考える。歴史とは何か、よく生きるとはいかなることか、世界そして人間はどこへ向かうべきなのか——こうした根源的な問いとの格闘が、文化と知の厚みを作り出し、個人と社会を支える基盤としての教養となった。まさにそのような教養への道案内こそ、岩波新書が創刊以来、追求してきたことである。

岩波新書は、日中戦争下の一九三八年一一月に赤版として創刊された。創刊の辞は、道義の精神に則らない日本の行動を憂慮し、批判的精神と良心的行動の欠如を戒めつつ、現代人の現代的教養を刊行の目的とする、と謳っている。以後、青版、黄版、新赤版と装いを改めながら、合計二五〇〇点余りを世に問うてきた。そして、いままた新赤版が一〇〇〇点を迎えたのを機に、人間の理性と良心への信頼を再確認し、それに裏打ちされた文化を培っていく決意を込めて、新しい装丁のもとに再出発したいと思う。一冊一冊から吹き出す新風が一人でも多くの読者の許に届くこと、そして希望ある時代への想像力を豊かにかき立てることを切に願う。

（二〇〇六年四月）